# Quark im Schaufenster und vieles mehr
## Von Christa Glang

**Buchbeschreibung:**

Eine Tasche wird in einem Zug gefunden, ein Kind fällt in eine Futtertonne, ein Mann landet mit seinem fahrenden Auto im ersten Stock, eine Ehefrau rastet aus und vieles mehr – Christa Glang lässt in ihren Geschichten und Gedichten unterschiedliche Bilder vorüberziehen.

**Über den Autor:**

Christa Glang lebt mit ihrem Mann in einer Kleinstadt in der Nähe von Hamburg. Sie schreibt voller Begeisterung Geschichten für Erwachsene und Kinder.

Erste Veröffentlichungen in Anthologien:
»Nur 100 Worte
Drabble, die überraschen« 2018
»Hamburger Tüdelkram und andere Geschichten« 2020

# Quark im Schaufenster und vieles mehr

VON CHRISTA GLANG

Impressum:

Christa Glang

Karlsbader Str. 17

21423 Winsen/Luhe

2. Auflage 2021

© Christa Glang – alle Rechte vorbehalten.

Herstellung und Verlag: BoD – Books on Demand Norderstedt

Cover: Christa Glang

Korrektorat:

Norbert Glang & Barbara Osemann

Bibliografische Informationen der Deutschen Nationalbibliothek. Die Deutsche Nationalbibliothek verzeichnet diese Publikation in der Deutschen Nationalbibliografie, detaillierte bibliografische Daten sind im Internet über dnb.dnb.de abrufbar.

ISBN: 978-3-7534-6471-8

# Inhaltsverzeichnis

# Atemlos

Ins Tagebuch schreibe ich: Mein größter Wunsch für 2020 ist, dass Michael mich noch liebt.

Mutti ruft: »Grit, beeile dich!«

»Ich bin in 2 Minuten fertig!«

Schnell einen letzten Blick in den Spiegel. Ist das grüne Kleid zu kurz? Meine Beine sind zu lang. In den hellgrünen Kroko-Highheels sehen sie aus wie Besenstiele. Diese Farbe macht blass. Scheiße, das falsche Outfit. Ich bleibe zuhause! Diese Silvesterparty ohne mich! Kein Wiedersehen mit Michael! Oh, Mist!

»Bist du nicht zu leicht angezogen?«

»Nein, was du immer hast, Mama.«

»Nimm auf jeden Fall die warmen Winterstiefel mit.«

»Ja, ja.«

Der Parkplatz an der Halle ist voller Autos, aber Michaels ist nicht zu sehen. Traurigkeit erfasst mich. Feuchtigkeit steigt in meine Augen. Oh, nein, jetzt nicht heulen.

»Hallo Grit.« Inga nimmt mich in den Arm und gibt mir ein Küsschen links und rechts.

Es ist spitze, sie zu sehen.

»Was hast du nur mit deinen rotblonden Haaren angestellt? Sieht trendy aus! Warst du beim Frisör?«

»Nein, kopiert aus einer Zeitschrift.«

»Die Jungs sind an der Bar. Vorglühen ist angesagt. Typisch!«

Die Luft steht jetzt schon in dem kleinen Raum. Der Abstellraum wurde zur Bar umgebaut. Bunte Papierschlangen liegen auf dem Tresen und hängen von der Decke. Michael lehnt an der rechten Ecke. Er spielt mit dem farbigen Papier und hört dem Gespräch seiner beiden Freunde zu.

Das Lied: Atemlos durch die Nacht, summt in mir.

Oh, Michael ist schon da. Älter sieht er aus, so erwachsen. Meine große Liebe.

Ein Tusch ertönt.

Eine Stimme, die ich nicht kenne, sagt:»Wir, das Festkomitee, freuen uns, dass Sie heute hier feiern. Ein leckeres Büfett wartet. Es ist eröffnet.«

Inga stößt mich an:»Komm, wir holen uns etwas zum Essen. Ich habe Hunger. Mein Magen hängt in den Kniekehlen.«

»Klar. Sind Plätze für uns reserviert?«

»Ja, am Tisch 12.«

In der Schlange am Büfett, vor der Suppe, steht Michaels Vater, Herr Wessler, vor mir. Mit Schwung füllt er diese auf seinen Teller. Ein paar Spritzer fallen auf das weiße Tischtuch.

»Oh«, entfährt es ihm. Schwungvoll dreht er sich um. Steht mir gegenüber. Die Tomatensuppe schwappt über. Zum Glück nicht auf das Kleid. Die schicken Krokoschuhe sehen rotbetupft aus. Wie der giftige kleine Frosch, der im südamerikanischen Urwald lebt. Eine seltene Farbkombination. Ha, ha! Hoffentlich bekomme ich sie gereinigt. Mir rutscht das Wort:»Scheiße!«, raus.

Herr Wessler schaut mich entschuldigend an und sagt:

»Hallo Grit, ich war zu schwungvoll. Entschuldigung. Über die Regulierung des Schadens sprechen wir später.«

Gedanken verloren schau ich auf die roten Spritzer. Jemand steht neben mir. Ich hebe den Kopf. Mein Atem stockt. Es ist

Michael und er sagt: »Hallo Grit.« Ich wende mich ihm zu. Er schaut mir in die Augen.

Ein langes halbes Jahr, in dem wir auf Kontakt verzichtet haben, ist endlich zu Ende.

Stumm schaue ich in seine braunen Augen. Ein Glücksgefühl steigt in mir hoch und breitet sich in meinem Körper aus. Eine Melodie kommt mir in den Sinn.

Er sagt: »Komm, lass uns einen Sekt auf das Wiedersehen trinken.«

»Prost, prost!« Seine Freunde Justin und Alexander, stellen sich mit Sektgläsern zu uns.

»Auf den harten Kern der Abiklasse 2019.« Haben die Jungs vorgeglüht? Sie benehmen sich albern.

»Na, du Juristin,« grinst Justin, »der trockne Stoff bekommt dir. Oder bist du verliebt?«

Allgemeines Gelächter um uns herum.

»Nein, wie kommst du darauf.«

»Oh, sie wird rot, schaut mal.«

Wärme steigt vom Hals ins Gesicht. Es ist so gemein, dass ich so schnell erröte. Michael dreht sich zu mir um. Sein forschender Blick fällt auf mich. Mein Herz fängt an zu klopfen. Das Pochen dringt nach außen. Oder bilde ich es mir nur ein?

»Ich habe Hunger. Kommst du mit zum Büfett, Alexander?«

Justin schaut Alexander erwartungsvoll an. Dieser nickt. Endlich sind wir alleine.

»Erzähl du.« »Nein, du.« Michael und ich fangen an zu lachen. Dann einstimmig: »Lass uns rausgehen, dort ist es leiser.« Mit den Sektgläsern in der Hand verlassen wir den Saal.

Kühle mit Rauchgeruch empfängt uns im Eingangsbereich. Endlich allein! Sekunden später kommen die nächsten Raucher aus dem Saal. Oh nein, wieder sind Leute um uns herum. Kein ungestörtes Gespräch ist möglich. Dabei brennen die Fragen in meiner Kehle. Wir brauchen einen anderen Platz, um zu reden.

Durch die kurz geöffnete Tür sehe ich Mutti und Michaels Vater eng tanzen. Kennen die beiden sich näher? Sie hat ihn bei Telefonaten nicht erwähnt. Eltern mit Geheimnissen.

Der kleine Raum vor den Toiletten ist leer. Wir sind ungestört und fangen an zu fragen.

»Grit, wie ist es dir in Göttingen ergangen? Hast du mich vermisst? Lebst du in einer WG?«

»Ja, ich habe mir immer dein Bild angesehen. Ihm alles erzählt. Mein Trost in Göttingen! Ich habe dich so vermisst. Nein, in einer kleinen Wohnung. Die Uni ist fußläufig zu erreichen. Ein echter Glücksfall. Besuchst du mich? Wie arbeitet es sich in der Firma deines Vaters?«

»Ich durchlaufe alle Abteilungen. Anonym wäre es leichter. Wir leben in einer Kleinstadt. Da kennt man sich und da bin ich der Sohn des Chefs. Schwamm drüber. Genießen wir die Silvester-Party.«

Aus dem Toilettenraum hören wir eine unbekannte weibliche Stimme: »Die Tochter ist wie die Mutter. Die Leute munkeln, dass Grit Gerharts einen Sugardaddy hat, der ihr das teure Outfit bezahlt. Die Mutter war früher genauso. Sie ist heute Abend dabei, sich den reichsten Mann der Stadt zu schnappen. Hast du gesehen, wie schamlos die beiden getanzt haben?«

Diese Falschheit. Was Fremde uns unterstellen. Eine bodenlose Frechheit. Innerlich koche ich vor Wut, sodass Tränen in meine Augen schießen.

Michael fragt: »Stimmt das mit dem Sugardaddy?« Der Hals ist wie zugeschnürt. Die Worte bleiben dort stecken.

Da er von mir keine Antwort bekommt, dreht Michael sich um und verschwindet durch die Tür. Meine Augen folgen ihm. Sie öffnet sich sofort. Kommt er zurück? Nein, es ist Nina, die den Toilettenvorraum aufsucht.

»Komm, lass uns tanzen.«

»Ja, gerne«, antworte ich.

Im Saal tanzen wir wie verrückt. Die Tränen unterdrücke ich. Nur nichts anmerken lassen. Ihn sehe ich mit den Anderen an der Bar stehen. Kurz vor zwölf Uhr zählt der Diskjockey die Sekunden bis Mitternacht laut runter. Ich bin atemlos vom Tanzen aber innerlich unendlich traurig. Ein frohes neues Jahr rufen die Partygäste einander zu.

Ich verschwinde allein nach draußen in eine dunkle Ecke. Das Feuerwerk steigt in den Himmel. Silberne Sterne regnen aus der Dunkelheit herab. Abgelöst durch rote Blumen. Bunte Farben wechseln sich ab.

»Grit, ein frohes neues Jahr. Auf uns«, sagt Michael leise. Er gibt mir einen intensiven Kuss.

»Ich habe mich vorhin blöd benommen. Komm, lass uns diese, unsere Nacht genießen.«

Ich summe innerlich. Nein, leise Freude, Glück breiten sich im Körper aus. Die schicken Highheels drücken, aber das ist bedeutungslos. Wir sind wieder zusammen und schlendern atemlos durch diese Nacht.

## Schneechaos

Leise fällt der Schnee vom Himmel so grau,

der Wind wird zum Sturm so heftig,

aus Schneehügeln entstehen Schneeberge so riesig,

der Autobus bringt Geburtstagsgäste so viele,

kommt zum Stillstand, oh graus, am Berg so steil,

der kein Hügel ist, zwischen Dörfern A und B so hier,

nicht weit ist der Weg zu Fuß, im Schnee so tief,

die Schule, heute nicht zum Lernen da, ist nicht so warm,

das Essen improvisiert, das Bett so hart,

Schneeschieber und Räumgeräte sind ach so langsam,

Panzer fahren über Wiesen und Felder so weit,

ein Baby wird geboren in Eis und Schnee so kalt,

Kinder werfen große Schneebälle so viele,

Tage später kommt die Sonne strahlend und so warm,

den Schneemännern laufen die Tränen so schnell,

das Schneechaos wird zu Wasser so viel.

# Vergessen

Warum war ihre Tochter Maike vor einem Jahr von heute auf morgen verschwunden? Ohne Nachricht!

Marlies schaute gedankenverloren aus dem Zugfenster. Sie befand sich wieder in ihrer eigenen Welt. Suchte den Fehler bei sich.

Die Ansage: »Lüneburg«, drang jetzt zu ihr durch. Hier hatte Maike studiert.

Der Zug hielt.

Lief da vorne nicht Maike? Ja, sie war es. Schnell die Tasche geschnappt und raus aus dem Abteil. Auf dem Bahnsteig sah Marlies sie nicht mehr. In welche Richtung sollte sie gehen?

Das Abfahrtssignal ertönte. Sie fröstelte. Der Zug fuhr ab. Marlies stand ohne Winterkleidung auf dem bitterkalten Bahnsteig.

# Einer setzt sich durch

Die Gruppe und Peer, der in der Ecke steht, warten. Wo bleibt Rene Schmidt? Es ist kurz vor 10 Uhr. Die Schulung beginnt gleich. Hoffentlich ist er nicht erkrankt. Sabrina schaut besorgt auf ihre Uhr. Die Tür öffnet sich, nicht Dr. Meyer, sondern Rene tritt freudestrahlend ein, nimmt das rote Cap ab, das nicht zu dem gutsitzenden Anzug passt, und legt es in die Mitte. Was hat das zu bedeuten?

Vor zwei Jahren hat Dr. Peter Meyer die Geschäftsstelle übernommen. Er schaut sich die einzelnen Gruppen an und analysiert sie. Schulungen zu unterschiedlichen Themenbereichen werden regelmäßig angesetzt. Den Leistungsdruck erhöht er kontinuierlich und baut Konkurrenzdruck auf. Rene, unser Orgaleiter, mildert den Druck durch seine besonnene Art. Die Gruppe steht hinter ihm, bis auf Peer. Am Anfang schießt er nur unmerklich quer. Später verhält er sich unkollegial.

Es dauert eine Weile, bis Sabrina es merkt. Soll Rene abgesägt werden? Sie sieht Peer eines Tages in das Zimmer von Dr. Meyer verschwinden und hört, als die Tür aufgeht: »Vielen Dank, dass sie mir davon berichtet haben. Es wird nicht ihr Nachteil sein.«

»Was wird nicht Peers Nachteil sein?«

Bestimmt spinnt er eine Intrige. Hin und wieder blitzt ein fieser Charakterzug bei ihm durch. Wenn sie beide Männer miteinander vergleicht, schneidet Rene besser ab. Er besitzt ein freundliches, ausgeglichenes Wesen. Sie beobachtet die Männer.

Peer trumpft bei jeder Gelegenheit auf. Was bedeutet das?

Dr. Meyer lobt Peer ständig. Bei guten Ideen Renes kommt oft nur eine abfällige Bemerkung.

Rene wird immer stiller und blasser. Er versucht, sich in der Gruppe nichts anmerken zu lassen.

»Hoffentlich wird er nicht krank«, sagt Sabrina leise fast beschwörend. Die Kollegen reagieren nicht auf ihre leisen Worte.

Er gefällt mir! So wie er sich anzieht. Sein freundliches Gesicht und seine ruhige und zurückhaltende Art. Ein toller Typ!

Gesteht sie sich innerlich ein.

Eines Abends fragt er Sabrina: »Hast du Lust, heute ein Bier mit mir zu trinken?«

Ihr Herz klopft, als sie antwortet: »Heute habe ich keine Zeit, die liebe Arbeit. Morgen Abend habe ich keinen Kundentermin.«

»Sorry, da bin ich verplant. Schade! Wir finden ein Stündchen in der nächsten Woche.«

Der Termin kommt nicht zu Stande.

Rene sieht müde aus. Schläft er nicht? Sabrina fängt an, sich zu sorgen. Ein Burnout?


Heute ist eine Schulung im Hotel Waldheim angesetzt. Dr. Peter Meyer, der Giftzwerg, zeigt sich von seiner besten Seite. Der Sarkasmus tropft nur aus ihm heraus.

In der Mittagspause verschwindet Rene. Nach dem Mittagessen läuft Sabrina durch den sonnigen Wald. Sie genießt die Ruhe und hängt ihren Gedanken nach, bis sie Rene sieht. Ohne Schuhe und Strümpfe sitzt er in einer Yogameditation versunken, auf einem Baumstumpf. Sein Gesicht verschwimmt im sonnenumfluteten Blättermeer. Ein wohliges Gefühl durchströmt sie.


Ab Montag ist Rene krankgeschrieben. Einige Wochen vergehen. Peer vertritt ihn.

Am Freitagabend, nach der stressigen Arbeit, kauft sie eine witzige Genesungskarte und wünscht ihm darauf -»Gute Besserung«-.

Das Wetter ist so angenehm warm, dass sie sich spontan entschließt, die Karte bei ihm einzustecken.

Sie bummelt durch den Park bis zu seinem Briefkasten.

Die Tür öffnet sich. Rene schaut sie erfreut an und fragt: »Willst du mich besuchen?«

»Nein«, stammelt sie, ich habe einen Genesungsgruß für dich. »Wie geht es dir?«

»Ich werde langsam gesund. Hast du Lust auf einen Spaziergang zur Eisdiele?«

»Gerne, ich liebe Erdbeereis.« »Ich auch!« Beide schauen sich an und fangen an laut, zu lachen. Das Eis schmeckt lecker.

Rene hat sich von der Gallenoperation erholt. Die Gallensteine hatten große Schmerzen und Übelkeit in den Wochen vor der Operation verursacht. Sie erzählen und erzählen.

»Bis Montag im Büro«, verabschieden sie sich nach Stunden.

Ab jetzt treffen sich die beiden regelmäßig. Die Vertrautheit zwischen ihnen wächst. Eines Tages zeigt er ihr seine Lieblingsstelle im Wald hinter dem Hotel Waldheim. Schnell zieht er Schuhe und Strümpfe aus, um die Yogameditation auszuüben. Sabrina nimmt ein Foto von ihm auf.

Das Bild steht bei ihr im Wohnzimmer. Sie liebt das Bild.

Das Arbeitsklima verbessert sich nicht. Rene reagiert überlegt und besonnen auf Angriffe von Dr. Peter Meyer und versucht, den Schleimer Peer mit einzubinden.

Die Gruppe und Peer, der in der Ecke steht, warten. Wo bleibt Rene Schmidt? Es ist kurz vor 10 Uhr. Die Schulung beginnt gleich. Hoffentlich ist er nicht erkrankt. Sabrina schaut besorgt auf ihre Uhr. Die Tür öffnet sich, nicht Dr. Meyer, sondern Rene tritt freudestrahlend ein, nimmt das rote Cap ab, das nicht zu dem gutsitzenden Anzug passt, und legt es in die Mitte. Er strahlt.

»Ist das die Gewinnerkappe?«, fragt Sabrina.

Rene lacht und sagt: »Ja, Leute, wir reisen nächstes Jahr für vier Tage nach Paris. Grandiose Leistung! Ich freue mich für uns! Alle sind an diesem Erfolg beteiligt«.

Ein Strahlen zieht über die Gesichter. Sie fangen an zu klatschen. Peer verzieht seinen Mund. Er scheint sich nicht zu freuen. Warum?

»Herr Dr. Meyer verlässt die Geschäftsstelle zum nächsten Ersten. Peer verlässt uns ebenfalls. Er folgt unserem Chef nach Magdeburg. Ich wünsche ihnen viel Erfolg, Peer.«

Sabrina strahlt übers ganze Gesicht, weil sie trotz ständiger Kritik den Wettbewerb gewonnen haben.

# Die Bahnrückfahrt

Schnellen Schrittes gehe ich in die Wandelhalle vom Hamburger Hauptbahnhof und sehe an der Anzeigentafel, dass der Zug in 4 Minuten von Gleis 12 A-C abfährt. Am anderen Ende vom Bahnsteig. Kaum zu schaffen, denke ich. Meine Freundin Tabea spricht mich mit den Worten an: »Hallo Manuela, wie immer in Eile und hoffentlich mit Fahrausweis.«
»Wo kommst du denn her? Du hast recht. Ich habe keine Zeit. Mein Zug fährt gleich. Wir telefonieren heute Abend. Tschüs!«
Mit Tempo gehe ich in Richtung Gleis 12. Menschenmengen vor mir. Viele mit Gepäck, das ihnen auf der Treppe Schwierigkeiten bereitet. Es gibt Fahrstühle, die zum Benutzen da sind.

»Ella, bleib stehen. Den Koffer trage ich dir«, ruft eine Männerstimme. Sie gehorcht dem Befehl. Ich laufe auf.
»Aua«, schreit die alte Frau.
»Entschuldigung,« sage ich leise und erhöhe das Tempo. Die Zeit rennt mir davon. Am Abschnitt A-C angekommen, steht der Schaffner schon mit der Kelle in der Hand abfahrbereit dort. Jetzt sprinte ich wie verrückt zur ersten Tür. Leider geschlossen.
»Scheiße!«
Der Bahnbeamte zeigt auf die geöffnete Tür neben sich. Eine Chance.
»Danke«, rufe ich ihm zu.
Er pfeift und steigt dann nach mir ein.

Meine Fahrkarte, schießt es mir durch den Kopf. »Eingesteckt«, beruhige ich mich leise. Auf der Hinfahrt ist der Kontrolleur nicht durch gegangen.

Das Abteil ist brechend voll. Am Vierertisch ist ein einziger Platz frei. Den nehme ich in Besitz.

»Na, das war eng«, meint mein Gegenüber und grinst.
Ja, er hat recht. Aber geschafft ist geschafft! Beim Shoppen habe ich die Zeit vertrödelt. Typisch für mich. Die Schnäppchenschlacht hat in jeder Hinsicht gelohnt. Mein Geldbeutel hat es hergegeben. Deshalb habe ich gestern die Bahnfahrkarte in Ashausen gekauft. Sie ist dort 50% günstiger. Nur fünf Kilometer von Winsen gilt eine andere Tarifzone. Die Fahrkarte habe ich doch dabei?

Wärmende Strahlen erreichen mein vom Laufen erhitztes Gesicht. Ein Blick aus dem Fenster zeigt, dass der Himmel hinter der Sonne sich verdunkelt. Mir wird unbehaglich zu Mute. Jetzt schaue ich in Richtung Tür und sehe drei Fahrkartenkontrolleure kommen.

Die Fahrkarte ist nicht in der Handtasche. Auf dem Mitteltisch häuft sich der Tascheninhalt, bestehend aus Lippenstift, gebrauchte Tempotaschentücher, Antibabypillen, Kaugummi, Bons und. 20 €. Habe ich den Fahrschein in meine von den Einkaufstaschen gesteckt? Darin stapeln sich die schicken Schnäppchen. 100 € habe ich gespart. Trotzdem wird es diesen Monat eng. Liegt die Fahrkarte etwa in der Küche auf dem Tisch?

»Na, shoppen und dann Schwarz fahren, das sind die Richtigen.«
Wieder mein Gegenüber und außerdem fängt er laut an zu lachen. Er kommt mir bekannt vor. Nur woher? Unten am Taschenboden, festgeklemmt im Lockenkamm, ist der Fahrschein.

»Gefunden!« Triumphierend zeige ich dem Schlauberger die Fahrkarte.

Der Haufen vom Tisch verschwindet wieder in der großen Handtasche.

Ein wohliges Gefühl durchflutet mich. Ein erlebnisreicher Tag. Erfolgreich günstig geschoppt und den Zug erreicht. Mein Traum wird durch den Kontrolleur jäh unterbrochen, der sagt:

»Fahrscheine!«

»Ja, hier«, und reiche ihn dem netten Schaffner.

»Der ist ungültig!«

»Unmöglich!«

»Doch, die Fahrkarte hat das Datum vom Vortag.«

»Ja, das stimmt. Ich habe den Fahrschein gestern am Automaten für heute gekauft. Besteht die Möglichkeit nicht?«

»Doch Fahrkarten dürfen vorher gelöst werden.«

Mein Gegenüber fängt an zu lachen. Ich schaue ihn mit gerunzelter Stirn an. Er nervt. Dies ist nicht seine Angelegenheit.

»Wo ist jetzt das Problem«, frage ich wütend den Schaffner.

»Sie fahren Schwarz, da die Fahrkarte ein falsches Datum hat. Es werden 60 € fällig.«

»60 €.« Mein Magen rebelliert. Die Tränen schießen in meine Augen.

»Ich bin doch damit gestern nicht gefahren!«

»Das glaube ich ihnen sogar. Der Fahrschein hätte Gültigkeit, wenn sie am Vortag den Fahrschein mit Datum von heute gekauft hätten!«

Oh, bin ich blöd. Zu meinem Schnäppchenkauf kommt jetzt die Strafe. Das passiert mir nicht wieder.

»So, hier ihr Strafzettel.«

»Stopp«, sagt der nervige Mitreisende.

Wieso mischt er sich ein?

»Meine ehemalige Klassenkameradin Manuela fährt auf der Profifahrkarte mit.«

»Jung und weiblich ist heute angesagt«, meint der Schaffner grinsend, nachdem er sich die Monatskarte angesehen hat.

Jetzt erkenne ich Sebastian. Der hat sich zu seinem Vorteil verändert. So männlich sieht er aus.

»Vielen Dank!«

Wir kommen nicht zum Klönen, da ich nach kurzer Zeit Ashausen erreiche. Aber den Austausch der Handynummern schafften wir.

# Das rote Kleid

Schick sieht es aus, das Kleid. Es passt wie angegossen. Genau das richtige Outfit für diese Feier. Ich bin die Königin des Abends.

Beim Mitternachtsbüfett fällt mein Löffel in die Suppe. Diese spritzt weit und schwappt über. Zum Glück nicht aufs rote Kleid, sondern auf die Anzughose von Alexander, der neben mir sitzt. Entsetzt schaue ich ihn an und stammle: »Entschuldigung, den Schaden behebe ich gleich.«

Nehme die Serviette, feuchte sie an und beuge mich über den Fleck.

»Was wird das?« Alexanders Frau steht neben mir. Ich bewege mich hektisch. Komme nicht hoch. Der Stoff reißt, das war`s mit meinem roten Traumkleid.

# Feierabend

»Guten Abend, Feddersen. Wer ist dort? Ich verstehe Sie nicht.«

Leise undeutliche Geräusche kommen aus dem Apparat. Komisch. Eine fehlerhafte Verbindung? Das letzte Gespräch für heute beende ich, denn es ist 17.29 Uhr. Feierabend!

Pünktlich auf die Minute verlasse ich mein Büro. Kein Mensch ist auf dem Flur. Wo sind die anderen? Abends herrscht hier sonst Betriebsamkeit. Jeder freut sich auf die Freizeit, auf den Feierabend. Die Türen werden mit Schwung geschlossen. Lautes Lachen, weil mein Kollege Meyer wieder seinen neuesten Witz erzählt. Frau Barthkowski, die ihn anhimmelt, krümmt sich vor Begeisterung. Danach gehen die beiden jeder zur Familie nach Hause. Oder nicht. Jetzt ist hier tödliche Stille. Wo sind die anderen Mitarbeiter? Es ist doch kurz nach halb sechs?

Ein unheimliches Gefühl beschleicht mich. Nur raus hier. Schnell renne ich den dunkelgrauen Flur entlang. Kurz vor dem Foyer mit dem Portier am Empfangstresen verlangsame ich meine Schritte. Betrete die Eingangshalle. Kein Mensch zu sehen. Wo ist der Portier? Was ist passiert?

Jetzt aber raus und dann mit dem Bus nach Hause in den wohlverdienten Feierabend. Den Bus schaffe ich bequem, denn es ist 17.33 Uhr.

Nach dem Verlassen des Bürogebäudes bemerke ich, dass sich die Tür von außen öffnen lässt. Wie immer habe ich die Türklinke nochmal angefasst. Typisch, dass ich alles überprüfe. Wer schließt heute die Tür ab?

Dunkelheit eines Novemberabends mit leichtem Nebel

umfängt mich. Mir ist unheimlich zu Mute. Nein, Angst fängt an, von mir Besitz zu ergreifen.

Am besten verständige ich per Handy die Polizei. Oh, nein, das darf nicht wahr sein! Es liegt zum Aufladen auf dem Küchentisch.

»Scheiße«, schreie ich laut heraus. Kein pünktlicher Feierabend, wenn ich jetzt das Gebäude betrete, um zu telefonieren. Aber Handeln ist angesagt.

Die Telefonanlage steht am Empfangstresen. Ich wähle mehrfach die 110. Keine Verbindung.

»Diese verdammte Technik«, fluche ich.

Ein leises Röcheln ist zu hören. Mir wird unheimlich zu Mute! Was ist hier passiert?

1. Das letzte Telefonat kurz vor Feierabend.
2. Keine Feierabendgeräusche.
3. Der Portier ist nicht an seinem Platz.
4. Das Hauptgebäude ist offen.
5. Das Telefon ist tot.

Sind Außerirdische hier im Gebäude? Wie schütze ich mich vor ihnen?

Wieder ein leises Röcheln. Jetzt lässt es sich verorten. Was verbirgt sich hinter dem Empfangstresen? Ich beuge mich unter Aufwendung all meiner Kräfte nach vorne. Erleichtert atme ich auf.

Der Portier liegt dort auf dem Boden. Zum Glück nicht in einer Blutlache. Handelt es sich um einen Unfall? Um einen Überfall? Oder ist er etwa betrunken vom Stuhl gefallen?

Eine Alkoholfahne steigt nicht hoch. Wieder dieses leichte Röcheln. Sicher ein Herzinfarkt.

»Hilfe«, schreie ich in den Raum. Keine Antwort!

Was ist zu veranlassen? Die Erinnerung kommt: Kopf überstrecken, stabile Seitenlage und Notarzt verständigen.

Ich handele. Der schwere Körper liegt jetzt auf der linken Seite. Mir ist abwechselnd heiß und kalt vor Aufregung oder Anstrengung. Der Schweiß steht bei mir auf der Stirn. Einige Tropfen rinnen in meine Augen. Sie brennen. Der Portier röchelt in Abständen. Kein Defibrillator zu sehen. Wie bekomme ich den Notarzt hierher? Hat der Kranke ein Handy in der Aktentasche, die neben ihm steht?

Schrittgeräusche sind zu hören. Gott sei Dank. Ich bin nicht mehr allein. Mir fällt vor Erleichterung ein Stein vom Herzen.

»Was suchen Sie neben der Person? Stehen Sie auf. Hände hoch«, ruft mir der Polizist zu, der mich entdeckt. Seine Hand ruht an der Pistole.

In was bin ich denn jetzt geraten?

»Verständigen Sie bitte einen Notarzt. Der Portier ist lebensbedrohlich erkrankt«.

»Haben Sie den stillen Alarm ausgelöst?«

»Nein! Ich vermute, dass der Portier Anzeichen der Erkrankung bemerkte. Er keinen Notruf tätigte, da die Telefonanlage defekt ist.«

Sein Kollege, der an der Außentür stehen geblieben ist, verständigt die Einsatzleitzentrale des Krankenhauses.

Der kleinere Polizist nimmt meine Personalien auf. Der andere beobachtet den Kranken. Gut, dass sie zu zweit sind. Kaum haben wir das Schriftliche erledigt, fährt der Rettungswagen vor. Notarzt und Sanitäter rennen zum Patienten und versorgen ihn. Hoffentlich kommt er durch.

»Ich würde jetzt nach Hause aufbrechen.«

»Ja, ist in Ordnung. Bei Fragen melden wir uns bei Ihnen.«

Kaum habe ich mich verabschiedet, da höre ich von weiten Stimmen, die näher kommen. Etwa meine verschwundenen Kollegen? Wo waren sie?

Jetzt stehen alle im Raum. Starren auf die ungewohnte Szene. Sie sind verstummt, bis auf den Betriebsratsvorsitzenden.

»Hallo, Frau Feddersen was ist hier los?«

»Ein Notfall!«

»Warum besuchten Sie nicht die Betriebsversammlung?« Oh, heute ist ja Donnerstag, der 11.11.

»Total vergessen. Aber dafür habe ich versucht, Leben zu retten.«

Die Kollegen schauen mich voller Bewunderung an. Bin ich jetzt eine Heldin.

»Ich geh dann mal nach Hause, tschüs.« Dreh mich um und verlasse das Gebäude. Gemurmel hinter mir.

An der Haltestelle kommt der Bus der Linie 60 in drei Minuten.

Herr Ottremka, der Busfahrer, schaut mich an und dann auf die Uhr.

»Sie sind heute spät dran?«

»Ja, die Umstände. Aber jetzt fahre ich nach Hause.«

# Eileen

Großmutter Eileen lebt nicht mehr. In meinen Tagträumen ist sie lebendig, wie eh und je. Sie lächelt mich an, gibt mir Ratschläge. Nachts träume ich nicht von ihr, sondern von grünen Landschaften und alten Häusern.

Ihren größten Wunsch, nach Irland zu reisen, hat sie nicht verwirklicht. An ihrer Stelle bin ich jetzt im Land unserer Vorfahren. In einem Haus, in dem meine Träume in der Nacht, die in Amerika anfingen, intensiver werden. Etwas Geheimnisvolles lockte mich hierher.

Letzten Monat habe ich Großmutters Haus entrümpelt. Nur eine Kassette, die auf dem Dachboden verstaubt in einer Ecke lag, habe ich behalten. Darin lag neben alten Dokumenten ein Medaillon.

In dieser düsteren Novembernacht bin ich allein zu Hause. Mein Hund Samie hat schon ein paar Mal angeschlagen. Gegen Mitternacht gibt er endlich Ruhe. Ich wälze mich eine Weile hin und her, höre das alte Haus ächzen und knarren. Nach einiger Zeit verschwinden die Gedanken. Schlaf und Träume kommen. Durch die Augenlider dringt Helligkeit ein. Ich öffne die Augen und sehe im Lichtstrahl eine schemenhafte junge weibliche Person.

Sie wispert, nein spricht leise: »Eileen, wach auf. Hilf mir! Mein Baby, Mein kleiner Hund. Eileen hilf mir!«

»Wer bist du?«

»Eileen.«

Dieses Wort kommt kaum wahrnehmbar bei mir an.

Ich stehe auf, um auf sie zuzugehen. Bei meinem ersten

Schritt in ihre Richtung weicht sie zurück. Verliert Konturen und verschwindet. Das Zimmer ist jetzt dunkel. Beim Blick aus dem Fenster ist ein blasser Mond zu sehen. Treibende dunkle Wolken verdecken ihn zeitweise. Kein Laut ist zu hören. Das Haus hat die Geräusche eingestellt. Samie schläft. Langsam steige ich in mein Bett. Das Kuschelige ist hier verschwunden. Die aufgedeckte Bettdecke hat die Wärme entweichen lassen.

Es dauert gefühlte Stunden, bis ich wieder eingeschlafen bin. Am nächsten Morgen stehe ich wie erschlagen auf. Ist die Gestalt der letzten Nacht Traum oder Wirklichkeit? Die Müdigkeit sitzt in allen Gliedern. Kein Wunder, denn der Flug, der mich von New York hierhergebracht hat, ist keine 36 Stunden her.

Jetzt eine Tasse Kaffee. Die weckt meine Lebensgeister.

Auf den Weg in die Küche fällt mir die unheimliche Stille im alten gemieteten Haus auf. Heute Morgen knarrt und ächzt nichts. Hörte es nicht in der letzten Nacht auf?

Kein Hundegebell. Wo ist mein Hund? Im Flur liegt er nicht.

Eine Tasse Kaffee mit Milchsahne, die dickflüssig und gelb ist. Eine Scheibe Brot mit selbstgemachter Marmelade. Lecker! Die Vermieterin des Cottages hat einheimische Produkte eingekauft. Milch von echten Kühen. Kaffeebohnen im Ort geröstet. Körnerbrot aus einer kleinen Bäckerei im Dorf. In Amerika erhält man abgepackte Lebensmittel, die nicht so intensiv schmecken.

Die Lebensgeister stellen sich wieder ein. Langsam komme ich in der Heimat meiner Vorfahren an.

Ein innerer Drang überfällt mich. Wie von einer unsichtbaren Hand gezogen, verlasse ich die Küche. Stehe im Wohnzimmer vor dem Sekretär.

Was ist mit mir los? Wer beeinflusst meine Handlungen? Etwa das Medaillon, das ich in der Kassette gefunden habe?

Ich untersuchte die Schubladen. Nichts!

Leises Hundegebell, ist von draußen zu hören. Wo ist Samie, mein Hund? Ich gehe in Richtung Tür, um nach ihm Ausschau zu halten. Komme nicht weit. Die Füße bleiben wie festgenagelt beim Sekretär stehen. Das alte Möbelstück lässt mich nicht den Raum verlassen. Nein, ich werde nicht körperlich festgehalten, wie in einer Umarmung. Sondern es ist eine unheimliche Macht, die veranlasst, dass ich erneut die unteren Schubladen öffne. Nichts Interessantes! Oder sehe ich das Bedeutende nicht?

Wieder Hundegebell aus der Ferne. Diesmal lauter. Verbellt Samie eine Person oder einen Gegenstand? Hat er etwas entdeckt? Er ist, sowie ich, fremd hier.

Keiner aus meiner Familie ist je, nach der Auswanderung, hierher zurückgekehrt.

Ob es mit dem Medaillon zusammenhängt? Nach Großmutters Tod fand ich beim Ausräumen des Hauses die Kassette mit Inhalt. Kaum legte ich mir die Kette um, schon erschienen Bilder vor meinem inneren Auge. Grüne Wiesen, alte Häuser, hohe Eichenbäume. Sehnsucht nach dieser Idylle erfüllte mich.

Alle erstgeborenen Frauen in unserer Familie hießen Eileen. Warum?

Heute Morgen trage ich das Medaillon.

Aus meinen Gedanken schrecke ich hoch und will zur Tür eilen. Nur die Macht, die vom Sekretär kommt, hält mich im Raum.

Wieder untersuche ich das alte Möbelstück. Mit den Fingerspitzen ertaste ich etwas. Ein dünner Brief klemmt zwischen Schublade und Rückwand. Ich ziehe ihn hervor. Stecke den Fund in die Hosentasche. Lauteres Gebell ist zu hören. Braucht Samie Hilfe?

Ich gehe zur Tür. Es ist möglich. Ist die Kraft verschwunden?

Durch die geöffnete Tür komme ich ins Freie und sehe Samie. Er läuft vor der hohen Eiche hin und her. Bellt wie verrückt. Als er mich entdeckt, rennt er bellend in meine Richtung. Ich ihm entgegen. Streiche ihn über den Kopf. Er beruhigt sich etwas. Gemeinsam laufen wir zur alten Eiche.

Ich stehe unter dem dicken Baum. Ein heller Strahl umfängt mich. Etwas Schemenhaftes wispert mir zu: »Eileen finde mich.« Der Lichtstrahl verschwindet so schnell, wie er gekommen ist. Findet mein Erlebnis von letzter Nacht jetzt seine Fortsetzung?

Das Gras um die Eiche herum sieht unberührt aus, bis auf die Laufspur des Hundes. Es ist nass vom Novembernebel. An einer Stelle scheint Samie gescharrt zu haben.

Ist hier ein Schatz versteckt? Soll ich hier graben? Nur womit? Ich schaute mich um.

Der Hund fängt wieder an zu bellen und läuft zur Hecke. Dort liegt auf dem Boden, kaum wahrnehmbar, ein Spaten.

Damit grabe ich unter der uralten Eiche. Spaten um Spaten voll Erde werfe ich nach oben. Meine Hand fängt von der ungewohnten Arbeit an zu schmerzen. Das Erdloch wird immer tiefer. Der Schweiß rinnt von der Stirn in die Augen. Sie brennen. Es ist kühl an dem frühen Morgen und trotzdem schwitzte ich.

Der Hund steht lautlos am Rand der Grube und schaute zu. Kein Bellen, Knurren oder Kläffen. Er scheint zufrieden zu sein.

Hier ist kein Schatz. Ich höre auf!

Der Brief fällt mir wieder ein. Den hätte ich fast vergessen. Er brennt in meiner Hosentasche. Nein, es entsteht kein Feuer, sondern eine eigentümliche Wärme breitet sich von ihm aus.
Die letzte Erde fliegt nach oben. Ich steige aus dem Loch. Der Hund bellt wie verrückt. Rennt vor dem Erdhaufen hin und her. Spinnt das Tier?
»Samie, Ruhe! Sitz!«, rufe ich dem Hund streng zu. Er setzt sich hin. Ich streiche ihm über den Kopf. Er beruhigt sich. Schaut nicht mich an, sondern zum Loch. Was sieht er?
Ich gehe zur aufgeworfenen Erde. Die Sonne schickt ihre Strahlen durch die Blätter der Eiche. Ein kurzes Aufblitzen im Erdhaufen. Oben liegt ein verdreckter Ring. Ein Schatz?
Der Hund fängt leise an zu wimmern.
Ich schaue mir den Fund näher an. Liegen daneben Handknochen? Steckt der Ring auf einem Knochenteil? Habe ich Skelettteile ausgegraben?
Dieser Irlandurlaub hat es in sich. Grabe ich Geheimnisse meiner Vorfahren aus? In der Kassette, die ich bei der Haushaltsauflösung entdeckt habe, lagen Familienpapiere. Die alte Schrift war kaum lesbar. Der Familiennamen Sullivan und den Ort Cork war von mir zu entziffern. Die Heiratsurkunde von Sean und Eileen Sullivan ebenfalls.

Ist mein Urlaubsdomizil das alte Haus der Sullivans?

Mit zitternden Händen wählte ich die Nummer der Polizei. Der Beamte hatte große Mühe, mich zu verstehen, da ich unter Schock stotterte. Außerdem wird mein Hals beim Sprechen trocken, sodass die Stimme leise ist. Er fragt immer wieder nach. Am Ende des Gesprächs verspricht er mir Beamte zu schicken.
Ich habe Durst.

»Komm Samie, trinken.« Er trabt nicht mit mir zur Küche, sondern bleibt mit hängenden Ohren am Erdhaufen sitzen.

Ein großes Glas, mit Wasser gefüllt, ist sofort leer. Ich war durstig. Bis die Polizei kommt, setze ich mich an den Küchentisch. Von hier aus sehe ich, wenn sie eintreffen.

Ich greife in die Hosentasche und hole kein Papiertaschentuch, sondern den Brief, den ich im Sekretär gefunden habe, heraus. Für Eileen steht auf der Vorderseite. Für welche Eileen? Etwa eine Urahnin von mir?

Voller Interesse sehe ich mir das dünne Blatt, das ich herausziehe, an. Diese alte Schrift. Für mich kaum lesbar. Diese Wörter werde ich später entziffern, da der Polizeiwagen einbiegt. Zwei Polizeibeamte entsteigen dem Wagen.

»Hallo, wo ist die Leiche?«

»Dort sind Knochenteile.« Meine Hand zeigt auf den Erdhaufen an der alten Eiche.

Nach einem Blick auf den Fund sperren sie die Umgebung an dem Baum ab und nehmen den Ring mit.

Die Spezialisten, die am Nachmittag eintreffen und fachmännisch die Erde abtragen, finden ein Menschenskelett und ein Hundeskelett. Bei den Menschenknochen handelt es sich, nach gründlicher Untersuchung, um eine junge weibliche Person. Beide Skelette liegen um die 100 Jahre dort.

Ein paar Tage später bitten die Beamten mich um eine Blutprobe für eine Genanalyse.

Den entdeckten Brief habe ich den Polizisten gezeigt. Die alte Schrift gibt mir Rätsel auf. Nach und nach entziffere ich einige Wörter oder einzelne Sätze. Der Mord, der vor hundert Jahren nie aktuell war, erregt ihr Interesse. Deshalb helfen sie mir. Gemeinsam lesen wir das Schriftstück.

Ja, der Brief hat es in sich.

Eileen, die junge Frau, die vor langer Zeit in diesem Haus lebte, hatte wahnsinnige Angst davor, dass ihr Mann das gemeinsame kleine Baby mit nach Amerika nimmt. Er hatte sich in den letzten Wochen verändert. Ja, sie sogar bedroht. Eileen vermutete, dass er mit der Amme ein Verhältnis hat. Jetzt nicht sie, sondern die Geliebte mit ins neue Leben nimmt.

Krass. Vermutlich erschlug ihr eigenen Mann Sean sie, um in Amerika mit der Amme, die Eileens Namen annahm, ein neues Leben zu führen. Ja, die alten Zeiten.

Als der Sarg mit den Überresten von Eileen im Familiengrab der Sullivan versenkt wird, sehe ich einen Lichtstrahl, mit einer schemenhaften jungen Frau.
»Danke,« wisperte sie mir zu. Meine Urahnin findet heute ihre letzte Ruhe.
Den Ring, den ich von der Polizei zurückerhalten habe, werde ich nicht am Finger tragen, sondern in die alte Kassette legen.

## Der Ring

Sie schaut verliebt auf den Mann

Sie schaut voller Stolz auf den Ring

Sie sieht nur den Stein voller Glanz

Sie sieht nur das, was sie sehen will

Sie bemerkt nicht die Gier in seinen Augen

Sie bemerkt die Veränderungen in ihrem Leben

Sie will in Amerika leben

Sie will nicht tot in einem Loch liegen

# New York

Unser Hotelzimmer ist nicht gebucht.

Ich lege die Reservierung auf den Tresen der Rezeption. Der Hotelangestellte liest das Schriftstück. Schüttelt den Kopf. »Für diesen Preis gibt hier keine Zimmer.«

»Aber wir haben doch eine Reservierungsbestätigung mit Zimmerpreis.«

»Haben Sie eine Kreditkarte?« Warum stellt er diese Frage?

»Ja.«

Mein Mann Robert, der sich mit ihm auseinandersetzt, reicht ihm seine Karte. Sie wird eingelesen.

»Kommen Sie in drei Stunden wieder. Bis dahin haben wir eine Lösung für ihr Problem gefunden. Der Manager ist im Augenblick nicht im Haus.«

»Danke«, antworte ich.

Wir verlassen das Hotel, das Ecke Broadway 45 Str. liegt. Im Foyer zu sitzen und zu warten ist keine Option. Zwei Minuten entfernt finden wir ein kleines Lokal. Die Fenster sind beschlagen. In New York haben wir Schneeregen und 2 Grad und kein Hotelzimmer. In Florida hatten wir es warm und Sonnenschein. Erschöpft sinken wir auf die Stühle. Der Kaffeeduft steigt verführerisch in die Nase.

»Lust auf Muffin und Kaffee?«

Robert nickt.

Ich kaufe unseren kleinen Imbiss und trage ihn zum Tisch. Meine Handtasche hänge ich an die Stuhllehne.

Das koffeinhaltige Heißgetränk belebt mich. Der Schokopreiselbeerkuchen ist ein Hochgenuss nach der Aufregung. Sie sitzt mir in den Gliedern.

Eine modisch gekleidete Frau, um die vierzig Jahre, fragt uns: »Ist der Platz frei?«

Sie zeigt auf den leeren Stuhl. Wir nicken. Sie setzt sich zu uns an den Tisch. Wir kommen ins Gespräch. Unser Englisch wird besser. Die Sätze rutschen nur so raus. Nicht immer passend.

Wir schmunzeln und verfallen nach einem Versprecher von mir in lautes Lachen. Die anderen Gäste schauen zu uns rüber. Eine amüsante Amerikanerin, die uns Gesellschaft leistet. Eine halbe Stunde später schaut sie auf die Uhr.

»Ich habe einen Termin, bye, bye.« Sie lächelt uns entschuldigend an.

»Auf Wiedersehen.«

Wir sehen sie nicht wieder. Meine Handtasche ist verschwunden. Wie sie es angestellt hat, ist uns ein Rätsel. Nachdem die Polizei den Diebstahl aufgenommen hat, waren die drei Stunden um.

Mit klopfenden Herzen betreten wir die Hotelhalle. Hoffentlich geben sie uns ein Zimmer. Sonst dürfen wir auf der Straße übernachten. Keine echte Alternative.

Der uns bekannte Angestellte hat Dienst. Er strahlt. Dank Kreditkarte und Manager, haben wir ein Zimmer. Ein Gebet steigt hoch in den Himmel. Der Preis für die Unterkunft ist um 60% höher. Wir akzeptieren. Die Reisekasse gibt es her.

Urlaub in New York mit Hindernissen.

## Die Meute

Es rennt und rangelt die Meute

Denn der Tag der Tage ist heute

Später zeigen sie voller Stolz ihre Beute

Die man hat erobert heute

Die Polizei sucht in der Meute

Die eindrangen in das Gebäude heute

Die vielen, vielen Leute

Die Videos und Fotos posten mit der Beute

Denn Straftaten sind das, liebe Leute

# Maiabend

»Herr Tristan Meyer, wollen Sie ...?«

Meine Gedanken schweiften ab. Weil mein Blick auf ihr Kleid aus blassblauen Leinen, das zu groß für sie wirkte, fiel. Vor meinem inneren Auge entstand jener, alles verändernde, laue Maiabend.
Das Kleid und sie waren für mich damals nicht sichtbar.

An diesem besagten Abend joggte ich. Den größten Teil der Strecke hatte ich schon im schnellen Tempo hinter mich gebracht. Mein alltäglicher Stress hatte sich aufgelöst. Es war ein milder windstiller Maiabend. Leichter, verführerischer Blumenduft lag in der Luft. Die ersten Heckenrosen erblühten in verschiedenen rosa Tönen. Die Abendsonne verabschiedete sich als ein großer roter Ball am Horizont. Ich lief der untergehenden Sonne entgegen. Fühlte mich glücklich. Nein frei. Eins mit der Natur.
Es waren kaum Leute unterwegs. Nicht weit entfernt schlenderten drei Jugendliche.

Durst überkam mich, deshalb stoppte ich an den Containern am Bultweg, um Apfelsaftschorle zu trinken. Zum Glück hatte ich den Gürtel mit Smartphone und Getränkeflasche umgebunden.
Der rote Sonnenball war mittlerweile hinter dem Horizont verschwunden. Nur eine letzte rötliche Färbung zeigte sich am blauen Abendhimmel.
In meiner Nähe ertönten Klopfgeräusche. So, als wenn ein Tier gegen etwas schlägt.
Mitten im Anlaufen drehte ich mich um. Musterte die Um-

gebung. Fünf Container standen hier. Zwei Kleidercontainer, drei Flaschencontainer.

Ja, die Geräusche kamen eindeutig aus dem rechten Kleidercontainer.

War darin ein Tier? Leben hier Waschbären? Sie erkämpfen sich einen immer größeren Lebensraum. Klettern überall hinein. Heraus schaffen sie es. Beruhigte ich mich.

Ich lief an, da ertönte neben den Klopfgeräuschen ein Hilferuf. Ein sprechender Waschbär? Nein!

Ein Mensch im Kleidercontainer. Unvorstellbar! Aber aus dem Container kamen die leisen Rufe:»Hilfe, Hilfe!«

»Hallo, ich höre dich.«

»Bitte helfen Sie mir. Ich komme nicht mehr heraus.«

»Wie bist du in den Container gelangt?«

»Die drei Jugendlichen waren mir behilflich.«

»Bist du hineingeklettert?«

»Nein, mehr hinein geschüttelt worden.«

»Wie bitte?«

»Ja, es stimmt. Helfen Sie mir.«

Ich schaute mir den Container näher an. Vorne eine Tür. Abgeschlossen. Zusätzlich mit einem Metallstück verriegelt. Darüber eine Klappe, mit der man die Kleidungstüten hinein beförderte. Keine Chance für mich, die Person da herauszuholen.

»Wie heißt du?«

»Emma.«

»Emma, ich rufe jetzt bei der Polizei an, um Hilfe zu holen.«

»Hast du es verstanden?«

»Ja.« Ein Kichern folgte der Antwort.

»Dieses verdammte Gör,« grummelte ich in mich hinein. Griff zum Smartphone, um die 110 zu wählen.

Die nette Beamtin am anderen Ende hörte mir aufmerksam zu. Sie fragte mehrfach nach, um sicherzugehen, dass es sich nicht um einen Fakeanruf handelte. Sie klärte ab, ob Feuerwehr und Rettungswagen benötig werden. Entschied, mir Beamte zu schicken.

»Hast du Durst?«, fragte ich das Gör.
»Nein!«
»Fällt dir das Atmen schwer?«
»Nein.«
»Hilfe kommt gleich.«
»Habe ich mitbekommen. Sie können weiter joggen.«
»Nein, ich bleibe hier! Wie alt bist du?«
»Das geht Sie gar nichts an.«
Tolle Wurst.
»Bist du immer so unhöflich?«
Keine Antwort.
»Was hast du im Container gesucht? Spielzeug?«
»Nein, eine Kreditkarte.«
»So, so hast du sie gefunden?«
»Ja, sie steckte in der Jackentasche.«

Ich drücke die Klappe hoch, um Luft in den Metallbehälter zu bekommen. Damit der Sauerstoff für Emma nicht zu knapp wird.

Von weiten hörte ich die Sirene der Polizei. Der Wagen kam schnell näher. Sie stoppten vor den Glascontainern.
»Hallo«, begrüßten sie mich, »na, dann befreien wir mal den Schlingel. Die Eltern benachrichtigen wir später.«
»Ich glaube, es ist ein weiblicher Schlingel, denn sie heißt Emma.«
Sie traten näher an den Container heran. Die beiden Polizisten begutachteten den Verschluss. Berieten sich. Stellten

nach drei Versuchen fest, dass das Schloss sich mit ihrem Werkzeug nicht öffnen lässt.

Die Polizistin meinte: »Ich hole professionelle Hilfe.«

Sie griff zum Handy, um über die Leitzentrale die Feuerwehr anzufordern.

»Die kommen gleich,« teilte sie mir mit.

Kurze Zeit später war sie schon auf der Umgehungsstraße zu hören und dann zu sehen.

Es war jetzt still im Container. Kein Hilferuf, kein Klopfgeräusch.

Die Polizistin rief: »Hallo, hallo.« Keine Antwort.

»Sind Sie sicher, dass jemand darin ist?«

»Das Kind hat geantwortet. Mir seinen Namen verraten.«

»Sie wissen, dass Sie bei einem Schabernack die Kosten zu tragen haben. Bis zu tausend Euro pro Einsatz.«

»Sie trauen mir Blödsinn zu«, rief ich empört.

Der Feuerwehrwagen bog jetzt in den Bultweg ein. Er hielt hinter dem Polizeiwagen. Die beiden Feuerwehrleute stiegen aus. Sie eilten zu uns hin. Der Polizist erklärte den Sachverhalt. Sie öffneten sofort das Schloss. Es wurde uns verboten, dabei zuzusehen. Die Tür war schnell auf. Der Riegel ließ sich problemlos zur Seite schieben.

Mitten in den Tüten lag die Person. Die Männer holten sie heraus. Nein, kein Kind! Eine kleine junge blonde Frau, in einem blassblauen Leinenkleid. Das Kleid wirkte etwas zu groß. Ein Babybauch zeichnete sich ab.

War sie tot? Angst breitet sich in meinem Inneren aus. Hatte ich zu spät Hilfe geholt?

Emma schlug die Augen auf. Sie lebte.

»Wie können Sie so unvernünftig sein in den Container zu steigen?«, herrschte der Kleinere der Feuerwehrleute sie an. »Außerdem sind Sie schwanger. Sie schädigen das ungeborene Kind.«

»Ich bekomme kein Kind.«
»Wie bitte?«
»Nein, das schicke Kleid, das meine Mutter früher zu besonderen Anlässen getragen hat, ist mir etwas zu groß. Ich habe es heute nur getestet, ob ich es bei einer evtl. Schwangerschaft tragen kann. Deshalb stopfte ich mir ein Kissen darunter. Schauen Sie mal.«
Sie hob das Kleid hoch. Die Schwangerschaft war nur vorgetäuscht.
»Was haben Sie im Container zu suchen? Sehen Sie, hier steht: Bei Einstieg Lebensgefahr«, sagte der Polizist.
»Das habe ich nicht gelesen. Meine Kreditkarte steckte in der Jackentasche von dem alten roten Jackett. Ich warf die Kleidungsstücke ein, da fiel es mir wieder ein. Die Karte benötige ich in ein paar Tagen. Eine Neue ist nicht so schnell von der Bank zu bekommen. Deshalb habe ich sie darin gesucht. Sofort gefunden. Leider war ich im Container gefangen. Vielen Dank für ihre Mühe.«

Emma drehte sich um und wollte gehen. Der Polizist stoppte sie mit den Worten: »Halt junge Frau. Wir benötigen ihre Personalien. Es muss geklärt werden, ob sie für die beiden Einsätze zu zahlen haben.«
Ich hörte zu. Sie gefiel mir in dem zu großen Leinenkleid. Augenfarbe, Kleiderfarbe harmonierten miteinander. Sie beachtete mich nicht. Kein Dankeschön in meine Richtung. Doch jetzt drehte sie sich zu mir um.
Musterte mich und meinte: »Ich dachte, Sie sind älter und sehen spießiger aus.« Grinste dabei. »Vielen Dank fürs Ret-

ten. Wie war ihr Name?«, kam es einen kleinen Moment später.

»Tristan Meyer.«

»Ach, Meyer, das passt. Sie wissen, dass Lebensretter ein ganzes Leben für den Geretteten verantwortlich sind«, sprudelte es aus ihr heraus. Dabei grinste sie mich frech an.

Das Grinsen gefiel mir.

Sie hatte nur einen kurzen Heimweg. Ich begleitete sie. An der Haustür tauschten wir unsere Handynummern aus.

Emma stieß mich an. Ich erwachte aus meinem Tagtraum. Hörte den Standesbeamten fragen, scheinbar zum zweiten oder dritten Mal: »Wollen Sie, Herr Tristan Meyer mit ihrer hier anwesenden Verlobten Frau Emma Meyer die Ehe eingehen? – dann antworten Sie mit Ja.«

Ich antwortete mit einem lauten: »Ja.«

»Meine Frage an Sie, Frau Emma Meyer wollen Sie die Ehe mit Herrn Tristan Meyer eingehen? – dann antworten Sie bitte ebenfalls mit Ja.«

Emmas Antwort war laut und deutlich: »Ja.«

Meine Mutter schaute Emma die ganze Zeit von der Seite an. Sie fragte dann: »Bist du schwanger?«

Emma grinste. Sie antwortete: »Ein bisschen.«

Meine Mutter stutzte. Sie antwortete leicht pikiert: »Ein bisschen schwanger gibt es nicht.«

Ja, Schwiegermütter!

Emma trug zur Trauung das blassblaue Leinenkleid, in dem ich sie das erste Mal gesehen hatte. Genau wie damals darunter ein Kissen. Sie hat einen Schalk im Nacken.

Der Blumenstrauß duftete betörend. Die rosa Heckenrosen hatte ich eigenhändig heute Morgen auf meiner Joggingstrecke gepflückt. Der von mir zusammengestellte Brautstrauß erinnerte an unser erstes Treffen.

Der Trautermin fand nicht bei Sonnenuntergang am Bultweg statt. So flexibel arbeiten die Standesbeamten nicht.

Einen Bußgeldbescheid für die Einsätze von Polizei und Feuerwehr hat Emma bis heute nicht erhalten.

Acht Monate nach der Hochzeit wurden unsere Zwillinge Emil und Thea geboren.

Das blassblaue Leinenkleid trug Emma während der Schwangerschaft oft. Es wurde immer enger.

# Idylle

Die Sonne brennt vom blauen Himmel heiß.

Der heiße Sand ist nicht mehr weiß.

Die weißen Sonnenschirme leuchten weit.

Der weite Strand ist Urlauber leer.

Die leere Idylle ist voller Teer.

Die teerigen Tiere waren vorher bunt.

Die bunten Müllleute sind voller Sorge dort.

Das dortige Schiff ist zerbrochen.

Die zerbrochenen Träume sind belastend.

Der belastete Strand ist nicht mehr weiß und voll.

# Kürbisse und andere Kalamitäten

Meine Freundin hat heute Geburtstag. Ich bin an der Haustür angekommen. Die Kürbisdekoration an der Tür sieht wieder bezaubernd aus. Martina hat ein Händchen dafür. Sie öffnet mir die Tür, bevor ich den Klingelknopf drücke.

»Isabell, dass du extra aus München zu meiner Geburtstagsfeier gekommen bist. Ich freue mich so. Lass dich umarmen. Die anderen Verdächtigen sind im Partyraum im Keller. Getränke stehen auf dem Tisch.«

»Martina, herzlichsten Glückwunsch zum Geburtstag. Alles Liebe für die nächsten Jahre.«
Wir drücken uns fest.

»Hm, es riecht lecker aus deiner Küche. Was gibt es?«
»Kürbissuppe, Kräuterbaguette, Käseplatte mit Brot.«
»Klingt nach einem Plan. Ich habe einen Riesenhunger. In meinem Magen grummelt es. Das Frühstück in Stuttgart wurde mir nicht sehr reichhaltig serviert.«
»Du bist aus dem Ländle angereist? Lebst du nicht mehr in München?«
»Das ist komplizierter, dafür brauche ich mehr deiner kostbaren Zeit.«
Martina schaut mich erstaunt an.
»Hast du wieder geheiratet?«
»Nein.«
Sie schaut mich jetzt prüfend an.
»Lebt nicht dein Exmann dort?«
»Du, Martina, ich glaube, die Suppe hat leicht angesetzt. So ein brenzlicher Geruch liegt in der Luft.«

»Isabell, du malst den Teufel an die Wand. Du hältst mich nur wieder in Gange. Darauf falle ich heute nicht herein. Weshalb warst du in Stuttgart?«

»Ich gehe schon mal in den Keller zu den Anderen. Hoffentlich haben sie mir etwas zum Trinken nachgelassen. Soll ich Brot und die Butter mit runter nehmen? Ich zeige dir später die Bilder vom Flugzeugabsturz. Die Fotos habe ich alle auf dem Handy.«

»Du hast einen Absturz gesehen? Das glaube ich dir nicht. In den heutigen Radionachrichten und Fernsehnachrichten wurde nichts davon erwähnt. Oder fand das Unglück schon vor ein paar Tagen statt? Da habe ich nicht so auf die Nachrichten geachtet. Meine Welt stand Kopf. Da ich etwas Belastendes gefunden habe.«

»Komm, erzähl es mir.«

»Durch Zufall fand ich in Pauls Anzugtasche eine Überweisung an das Freudenhaus in Berlin. Ich war durcheinander. Das so kurz vor meinem Geburtstag. Ich bin mir so sicher, dass unsere Ehe in Ordnung ist. Sollte ich Paul zur Rede stellen? Ja! Du kennst mich ja. Unklarheiten bereinige ich.«

»Hat er es geleugnet? So wie jeder ertappte Mann es macht. Komm, lass dich trösten.«

Ich nehme sie in den Arm. Martina befreit sich gleich wieder, um sich mit einem Taschentuch eine Träne aus dem rechten Augenwinkel zu wischen.

»Paul hat auf meine Fragen mit einem Grinsen reagiert. Stell dir das mal vor. Ich wurde wütend. Er lächelte amüsiert.

Am Abend bin ich vor lauter Wut früh ins Bett gegangen und habe im dunkeln Frustessen zelebriert.«

»Was hast du gegessen?«

»Pauls leckere Pralinen aus Lüneburg von der Schokoladenmanufaktur, die er nur einzeln genussvoll isst. Die habe ich mir genommen. Alle auf einmal aufgegessen. Der Magen grummelte heftig. Mir war kotzübel. Am Morgen schlug mein Gewissen. Als er zur Arbeit gefahren war, bin ich sofort nach Lüneburg, um die Pralinen erneut zu kaufen. Ein teurer Spaß.

»Isabell, heute Morgen stand Paul mit roten Rosen vor mir. Sein; »Herzlichen Glückwunsch mein Schatz.« Klang so liebevoll. Ein verstecktes Lächeln lag in seinem Gesicht. Außer Rosen kein weiteres Geschenk.«

»Freu dich. Rote Rosen sind ein Zeichen der Liebe.«

»Mit einem beschwingten Gang verließ er das Haus. Stell dir mal vor, ich war so misstrauisch, dass ich in seinem Büro angerufen habe. Seine Sekretärin erzählte mir, dass er heute frei genommen hat. Ob er wieder im Freudenhaus ist? Ich verstehe ihn nicht. Glaubst du an – Midlife Crisis- bei Männern?«

»Ja. Ich geh mal runter zu den Anderen.«

»Du wolltest mir doch Bilder vom Flugzeugabsturz zeigen.«
  »Ja, stimmt. Am Montag war ich im Schloss Ludwigsburg, um mir den Barockschlossgarten anzusehen. Im Bus erzählte mir eine Mitreisende, dass dort eine Kürbisausstellung sei. Gelangweilt hörte ich ihr zu. Die gelben Kürbisse leuchteten bei dem nasskalten Wetter schon von Weitem. Dann kam der Flugzeugabsturz. Lauter verletze Personen und Tote. Die Leichenfetzen lagen nur so herum. Das Flugzeug steckte mit dem Rumpf im Erdreich. Alle Zuschauer waren starr vor Schreck. Ich nahm mein Handy und habe sofort angefangen, Fotos zu schießen. Ein Mann saß im Schrebergarten auf der

Toilette, mit herunter gezogener Hose. Der Mund stand ihm offen. Ich glaube, durch den Knall hatte sich die Toilettentür vom Herzhäuschen geöffnet.«

»War das nicht furchtbar? Lauter Leichenteile. Dass du an der Unglücksstelle Fotos schießt. Diese Kaltblütigkeit hätte ich nicht. Hoffentlich habt ihr die Rettungsarbeiten nicht behindert. Ich glaube, mein Magen liebt solche Bilder nicht. Komm, zeig sie mir jetzt.«

»Ich geh schon mal runter zu den Anderen und nehme Brot und Butter mit. Hast du die Suppenteller unten? Servietten liegen auf dem Tisch?«
»Ja, mach das. Ich komme gleich mit der Suppe nach.«
»Wann kommt dein Mann heute nach Hause? Ich würde mich freuen, wenn wir uns nicht verpassen. Wir haben letzte Woche telefoniert.«

»Ihr telefoniert miteinander. Das hat er mir nicht erzählt.« Marina schaut mich komisch an.
»Mensch, Martina reg dich nicht darüber auf. Es hat keine Bedeutung. Jeder vergisst Grüße zu bestellen. Ich hatte deinetwegen angerufen. Du warst zum Yoga. Er war am Telefon. Ich habe gleich die Gunst der Stunde genutzt und ihn in einigen kniffligen Steuerangelegenheiten um Rat gefragt. Außerdem habe ich dich grüßen lassen. Sei nicht immer so misstrauisch.«

Martina dreht sich um und schluckt, bevor sie antwortet:
»Du hast recht, Misstrauen ist Gift in einer Ehe. Ab heute ändere ich mich. Jetzt zeige mir bitte die Bilder vom Flugzeugabsturz.«
»Die Bilder mit den Leichenteilen?«
»Ja.«

Es klingelt.

»Wer kommt denn jetzt?« Martina eilt zur Haustür und öffnet sie.

»Ein Paket. Schau mal. Mein Mann hat es vor die Tür gestellt. Hier steht: Überraschung. Bin im Keller. Paul.«

»Willst du das Paket gleich auspacken?«

»Ja. Schau mal eine rote Handtasche von Volker Lang. Ich freue mich. Mein größter Wunsch, dass er sich das gemerkt hat.«

Ich fange schallend an zu lachen und sagt dann: »Schau mal, wo er sie gekauft hat. Im Freudenhaus in Potsdam. So klärt sich alles auf.«

»Ach, was bin ich froh.« Martina setzt sich auf einen Stuhl und sieht glücklich aus.

»So Isabell, jetzt zu den Fotos vom Flugzeugabsturz. Oh, nein, das gibt es doch nicht. Das ist ja witzig. Ich glaube, hier war ein Künstler am Werk. Diese Leichenteile wirken so echt. Das Flugzeug halb im Boden. Diese entsetzten Menschen, wie sie dastehen. Was man nicht alles aus Kürbissen schnitzt. Gelungene Aufnahmen«

»Komm, Martina, deine Gäste warten im Keller.«

»Bei meiner Frage nach Stuttgart weichst du mir aus.«

»Ja, das stimmt Martina.«

# Neuanfang

Hannah öffnete den Kühlschrank. Voller Wut warf sie den Inhalt auf den Fußboden. Der Schweinebraten flog in die rechte Ecke. Er lag blutrot auf den Fliesen. Das Blut hatte Schmierstreifen auf dem Küchenboden hinterlassen. Joghurtbecher zersplitterten davor. Der Inhalt des Preiselbeerjoghurts war am Stuhl hochgespritzt. Wurst und Käse lagen daneben. Die Milchtüte zerplatzte beim Aufschlagen. Die Küche sah, wie ein Schlachtfeld aus. Hannah kam zur Besinnung und ließ die Eier im Kühlschrank.

Ihr Ehemann stand fassungslos an der Küchentür.

»Mir reicht es mit dir,« schrie sie ihn an.

Dieses Ereignis schockte ihn und veränderte das gemeinsame Leben. Er erwachte aus seiner Lethargie und fand kurze Zeit später endlich eine Arbeitsstelle.

# Der Tag, an dem meine Bratensoße zum Ätna fährt

Meine Schwiegermutter steuert unser neues Auto. Voller Begeisterung tritt sie das Gaspedal durch. Die Geschwindigkeit erhöht sich. Sie rast durch den Ort. Sie ignoriert die Geschwindigkeitsschilder hier in der verkehrsberuhigten Zone. Was macht diese Frau nur? Wie ist sie an die Autoschlüssel gekommen? Außerdem hat sie keinen Führerschein. Laute Musik dröhnt aus dem Radio. Sie nimmt die Hände vom Steuer. Dirigiert mit. Jetzt fährt sie entgegengesetzt in eine Einbahnstraße. Ein Lastwagen kommt ihr entgegen. Es scheppert laut. Unser Mercedes ist kaputt. Schwiegermutter kriecht durchs Fenster aus dem Autowrack.

Ich werde wach. Schaue mich um. Von meiner Schwiegermutter keine Spur. Eine Erleichterung durchströmt mich. Es ist nur ein Albtraum, aus dem ich eben hochgeschreckt bin.

Olga, unsere Katze, schaut mich hypnotisierend an. Hat sie den Wecker umgestoßen, als sie auf den Nachtisch gesprungen ist? Auf jeden Fall liegt die Uhr jetzt auf dem Boden. Ich hebe ihn auf. Ein Blick auf die Uhrzeit zeigt mir, dass er vor kurzer Zeit, mit Musik, versucht hat mich zu wecken. Wieso ist Olga im Schlafzimmer? Hier ist nicht ihr Platz. Gerne schleicht sie sich ein. Wie nur diese Nacht? Hat sie gelernt, Türen zu öffnen?

Heute Vormittag ist einiges zu erledigen, denn Familienbesuch kommt zum Mittagessen. Gutmütig, wie ich bin, koche ich für alle. Meine Schwester plante für heute, am ersten Ostertag, das Menü über einen Cateringservice bringen zu lassen. Ja, so plante sie. Die Wirklichkeit sieht anders aus, denn es klappte so nicht.

Nette Schwester! Jetzt koche ich. Amalie, unsere Putzfrau, hat keine Zeit oder spielt krank. Selbst fürs Putzen am Sonnabend kam sie nicht.

»Leider erkältet«, teilte sie mir mit frischer Stimme am Telefon mit.

Draußen ein Geräusch. Das Klappen einer Autotür. Wer ist am Wagen? Meine Schwiegermutter?

Die fährt nur im Traum Auto. Einer klaut unser neues Schätzchen. Panik kriecht langsam in mir hoch. Gut, dass ich das Handy hier im Schlafzimmer habe. Ich rufe gleich die Polizei an. Nein, vorher wecke ich meinen Schatz, der hat wieder alles verschlafen. Ich drehe mich zu seiner Bettseite um, um ihn wachzurütteln. Greife ins Kopfkissen. Das Bett neben mir ist leer.

Wo ist mein Mann? Normalerweise schlafe ich wie eine Tote. Da ist Rausschleichen kein Problem, ohne dass ich es merke. Wie oft ist er schon nachts auf Abwegen gewesen?

Die Haustür öffnet sich leise. Schleichende Schritte im Flur. Kein Licht dringt durch die unteren Ritze der Tür. Die Tür zum Wohnzimmer wird fast geräuschlos geöffnet. Dort höre ich den Lichtschalter. Ich greife zum Handy. Olga, die nicht in meinem Bett liegen darf, liegt auf der Bettdecke. Sie miaut verzückt. Dieses Vieh! Ich wähle die 110. Die Schlafzimmertür öffnet sich. Ich schreie. Vor lauter Schreck fällt das Handy runter. Das Licht geht an. Mein Mann steht in der Tür.

»Du bist schon wach?«

Aus dem Handy höre ich eine Stimme, die fragt: »Was ist bei ihnen los? Sie schreien. Werden Sie bedroht? Bitte antworten Sie mir.«

»Entschuldigung! Falscher Alarm. Bei uns sind keine Einbrecher. Mein Mann verursachte diese Geräusche. Ich dachte, er wäre auf Abwegen.«

Ich lege den Hörer auf. Mein Schatz schaut mich empört, nein ich glaube eher leicht amüsiert, an.

»Ich auf Abwegen? Du hast eine rege Fantasie. Durst hat mich aus dem Bett getrieben. Als ich in der Küche mir ein Glas Wasser einschenke, sehe ich, dass die Bratensoße nicht kühl steht. Außerdem sitzt Olga davor. Da im Kühlschrank kein Platz ist, habe ich die Bratensoße ins Auto gestellt. Dort steht sie kalt und sicher. Ich möchte euer Schreien heute Mittag nicht hören, wenn Olga mit einer Maus die Soße verfeinert hat.«

»Entschuldigung!«

»Olga, raus aus dem Bett. Die Katze gehört nicht ins Schlafzimmer.«

»Ich nehme an, dass sie sich eingeschlichen hat, als du die Küche verlassen hast.«

»Na, gut! Ich geh dann mal duschen.« Er verschwindet in Richtung Badezimmer. Ich benutze die zweite Waschgelegenheit im Gäste-WC.

Ich habe nie gehört, dass Bratensoße ins Auto gestellt wird. Na ja, Ehemänner haben ihre eigene Ordnung.

Als wir am Frühstückstisch sitzen, taucht verschlafen unsere Tochter Jana auf.

»Papa, ich muss in einer Stunde in Drispenstedt sein, du fährst mich doch?«

»Bist du nicht zum Feiertagsessen hier?«

»Mama, immer hörst du mir nicht zu. Der Weg nach Sizilien zum Ätna ist weit. Deshalb fahren wir früh los.«

»Wolltest du nicht nach Österreich fliegen und dort wandern?« »Ach Mama!«

Ja, Mütter werden bewusst fehlinformiert.

Sie schüttelt den Kopf über mich. Ihren Vater schaut sie erwartungsvoll an, denn die Antwort steht aus.

»Weil heute Ostern ist.«

Mit reichlich Gepäck fahren die beiden zum Treffpunkt. Ich beschäftige mich in der Zwischenzeit mit dem Krustenbraten, der leider roh ist. Warum hat der Schlachter eine Bratensoße mitgeliefert aber das Fleisch nicht gegart? Wut kocht in mir hoch. Jetzt habe ich mehr Arbeit mit dem Festessen. Aber gut, dass ich das rechtzeitig gesehen habe.

Mein Mann ist längs zurück. Die Gäste mittlerweile eingetroffen. Der Braten fertig. Nur die warme Bratensoße fehlt.

Wo ist die Bratensoße? Unauffindbar! Der Schweiß läuft mir runter. Wir suchen überall. Selbst in Schwiegermutters Wohnung.

Es klingelt an der Tür. Amalie steht mit einem Topf davor. Hat sie die Bratensoße? Olga streicht um ihre Beine. Sie leckt sich ihr Maul. Oh Olga, was hast du wieder gefressen? Ich strahle Amalie an. Sie ist unsere Rettung.

»Danke, Amalie. Frohe Ostern. Wo hast du die Bratensoße gefunden?«

»Frohe Ostern! Bratensoße? Hier mein Ostergeschenk für Sie. Meine leckere Suppe.«

Mir fällt die Freude aus dem Gesicht. Sie wünscht uns nur frohe Ostern. Ich nehme Amalie die Suppe ab und verabschiede mich von ihr. Da die Bratensoße unauffindbar ist, koche ich schnell eine neue Soße. Kaum sitzen wir am Tisch, lassen uns das leckere Essen schmecken, da klingelt mein Handy. Ach, eine Whatsapp-Nachricht mit Bild.

Die Bratensoße hat sich gemeldet. Sie hat Italien noch nicht erreicht. Hofft morgen, ins Land zu reisen. Jana mit Topf strahlt uns an.

Ja, Bratensoßen gehen auch mal auf Reisen nicht nur Menschen oder Gartenzwerge.

# Deutschlehrer

Er ist immer so zerstreut. Nie legt er die Unterlagen dahin, wo man sie erwartet. Gleich kommt er nach Hause. Ich muss sie jetzt finden. Morgen ist das Diktat. Oh, nein, der Stapel mit Diktatheften aus der Klasse sechs kippt um. Schnell wieder hingelegt. Hoffentlich stimmt die Reihenfolge. Ich hör sein Auto kommen. Nur wo ist das Diktat? In der Aktentasche? Da ist es! Das Diktat der Klasse 4a. »Morgenröte«. Jetzt kopieren. Dann raus aus dem Arbeitszimmer.

»Hallo Jana, wo kommst du her? Was hast du in der Hand hinterm Rücken?«

»Nichts.«

»Heute üben wir das Diktat Morgenröte.«

## Alle meine Wünsche oder wie die Zeit verrinnt

Ich schrecke hoch. Mein Herz rast. Wo bin ich? Wer bin ich? Warum?

Wie stelle ich diesen Albtraum ab?

Den Übeltäter, das Buch »Alle meine Wünsche« habe ich vernichtet.

Es hat bis jetzt nicht geholfen!

Ich schaue mich um und was sehe ich?

Das Buch!!!!!!!!

Es liegt wieder auf dem Nachttisch.

Dabei habe ich es vor langer Zeit verbrannt. Ich finde mich und andere Menschen, die ich kenne, in dem Buch wieder. Ohne Zweifel.

Aber ich kontrolliere meine Wünsche und nicht das Buch diktiert sie mir.

Keinen Einfluss von außen.

Außerdem möchte ich meine alte Wunschliste wieder haben.

Nur die alte Wunschliste.

Sonst nichts!

Es hat mir Freude bereit, die Wünsche gemeinsam mit meinem Mann zu formulieren, aufzuschreiben und bei Erfüllung abzuhaken.

Die Liste ist im Traum und im täglichen Leben verschwunden.

Ich glaube, ich verschenke das Buch und warte behutsam darauf, dass meine eigenen Wünsche sich wieder einstellen.

# Ein heißer Sommertag

Das Telefon klingelt, klingelt und klingelt.

Birgit schließt die Haustür auf und rennt zum Telefon. Der Anrufer hat aufgelegt. Sie schaut nach, wer versucht hat sie, zu erreichen.

Birgit räumt die gekauften Lebensmittel ein und stöhnt auf. Die Hitze setzt ihr zu. Das Sommerwetter in diesem Jahr wechselt, zwischen Hitze, Entladung in Gewitter, Starkregen und Kühle, ab.

Heute ist es wieder heiß und sie hat die Einkäufe zu Fuß nach Hause getragen.

Erneut klingelt das Telefon.

Birgit erreicht den Apparat, bevor aufgelegt wird. Es ist ihr Vater, der undeutlich und abgehackt spricht.

»Wolf, Wolf.«

»Papa was ist mit Wolf. Ist Wolf krank? Vati ganz ruhig. Geht es dir gut? Ich komme zu dir. Egal, was passiert ist, das lösen wir gemeinsam.«

Ja, Wolf, der Schäferhund, ist genau wie ihr Vater schon alt und etwas seltsam in letzter Zeit.

»Papa, ich komme vorbei«, antwortet Birgit noch einmal und legt den Hörer auf, weil sie kein Wort versteht.

Sie schnappt sich die große rote Handtasche mit Handy, Geld, Brieftasche und schließt die Haustür ab.

Ihr Fahrrad steht im Anbau und der Fahrradhelm liegt im Fahrradkorb.

Der Fahrtwind streicht leicht um den Körper und kühlt sie ab.

Ihre Gedanken kreisen um Wolf, den Hund, der in letzter Zeit gerne im Kreis läuft und um ihren Vater.

Die rote Ampel nimmt sie nicht wahr. Aus den Träumen hochgeschreckt hört sie das Quietschen von Bremsen. Dem großen schwarzen Auto, kann sie nicht mehr ausweichen. Es berührt ihr Vorderrad.

Ihr Glück ist es, dass sie einen Helm trägt. Dadurch geht der Sturz glimpflich ab.

Das Fahrrad bleibt heil.

Der Fahrer hilft ihr hoch und fragt immer wieder: »Geht es ihnen auch gut?«

Sie benötigt eine kurze Erholungspause. Danach antwortet sie: »Ja, der Schreck sitzt mir in den Gliedern.«

»Sie zittern. Soll ich den Rettungswagen rufen?«

»Nein, haben Sie einen Schluck Wasser für mich?«

»Ja.«

Er gibt ihr eine kleine Flasche Mineralwasser. Sie trinkt hastig die Flasche aus. Ihre Lebensgeister kommen wieder.

»Wo ist meine große rote Handtasche?«

Die Tasche war doch vor dem Sturz im Fahrradkorb. Oder nicht?

Ihr Blick schweift über die Unfallstelle, die umliegende Umgebung und die Menschenansammlung.

»Ihre Handtasche?«, antwortet er erstaunt.

Beide schauen sich an und dann den Menschenauflauf.

Sie entdecken die Handtasche nicht. Hören jedoch deutlich, wie eine weibliche Stimme fragt: »Wo hast du die rote Handtasche her?« Eine Kinderstimme antwortet: »Eben gefunden!«

»Eben gefunden?«

»Halt«, ruft der Autofahrer, »wir vermissen eine rote Handtasche.«

Ein Mädchen mit einem rosa Kleid, rosa Söckchen, weißen Ballerina und rosa Schleifen in den blonden Zöpfchen kommt mit der Mutter zu den beiden. Die rote Tasche hält das blonde Mädchen in der Hand.

Ja, es ist ihre Handtasche.

»Danke, danke, dass du die Tasche aufgehoben hast und sie mir bringst. Möchtest du eine Belohnung?«

»Weiß nicht.« Das Kind schaut verlegen nach unten.

Birgit öffnet die Handtasche und holt einen 5€ Schein aus dem Portemonnaie, um ihn dem Mädchen zu schenken.

Das Mädchen bedankt sich und fragt dann ihre Mutter: »Wollen wir uns ein Erdbeereis mit ganz vielen Kugeln kaufen?«

Die Antwort der Mutter kann sie nicht mehr hören, denn die beiden sind von der Menschengruppe verschluckt.

Diese Hitze!

Erst jetzt bemerkt sie wieder die unbarmherzige Hitze und außerdem verspürt ein starkes Durstgefühl. Zum Glück hat sie eine Wasserflasche in der roten Handtasche.

Hastig trinkt sie das lauwarme Wasser und schon ist das Durstgefühl nicht mehr vorhanden.

Jetzt tauchen in ihren Gedanken wieder Vater und Wolf auf.

Schnell verabschiedet sie sich von dem Autofahrer, der ihr seine Visitenkarte gibt. Birgit schreibt ihm ihre Handynummer, Name und Anschrift auf, bevor sie zu dem Haus ihres Vaters fährt.

Peter Meyer steht auf der Visitenkarte.

Ein Allerweltsname, aber ein freundlicher Mann, denkt sie, bevor die Karte in der Handtasche verschwindet.

Am Haus angekommen, öffnet ihr Vater die Haustür nicht. Sie klingelt, klingelt, klingelt und schaut dabei auf das Thermometer.

32 Grad im Schatten.

Diese Hitze stöhnt sie und holt den Reserveschlüssel, unter dem Blumentopf hervor.

Von der Terrasse ihres Vaters kann man nicht auf das Grundstück der Nachbarin schauen, weil die Trennwand und die anschließende Hecke zu hoch sind.

Kein Lüftchen bewegt sich und kein Laut ist in der Umgebung zu hören.

Der Haustürschlüssel passt. Im Haus steht die verbrauchte Luft. Es riecht nach Hund.

Sie öffnet das Küchenfenster und ruft dann:

»Vati, Vati.«

Keine Antwort.

Wo ist ihr Vater? Wo ist Wolf?

Birgit fängt an zu suchen und findet ihn. Ihr Vater sitzt im ersten Stock zusammengesunken neben dem Telefon. Der Hörer ist ihm aus der Hand geglitten.

Sie stürzt zu ihm, fühlt dem alten Mann den Puls, und ruft sofort 112 an.

Birgit ist ratlos. Was soll sie tun, außer auf den Rettungswagen warten? Die Helfer sind schnell vor Ort. Gott sei Dank! Er wird notärztlich versorgt, denn es besteht ein Verdacht auf Herzinfarkt.

Sie trinkt wieder einen Schluck Wasser. Ihr ist heiß.

Der Rettungswagen fährt ihn ins Marienkrankenhaus, das auf Herzinfarkte spezialisiert ist.

Wo ist Wolf? Birgit hat ihn weder gesehen noch gehört, seit sie im Haus ist.

»Wolf, Wolf.«

Vom Balkon aus entdeckt sie ihn nach intensiver Suche auf der Terrasse der Nachbarin.

Der Hund liegt auf dem Terrassentisch.

Birgit schreit laut vor Schreck auf. Sie hält sich fest, um nicht umzukippen. Die Tränen schießen ihr in die Augen. Es dauerte einige Minuten, bis der Tränenfluss versiegt ist und sie gefasst zum Nachbarhaus geht.

Birgit klingelt Sturm. Keiner öffnet die Tür. Die Nachbarin

ist nicht zu Hause. Birgit dreht um und rennt zur Pforte. Sie muss zu Wolf. Sehen, ob der Hund lebt. Notfalls steigt sie über die Hecke von Vatis Grundstück aus. Birgit sieht die Nachbarin. Sie kommt langsam die Straße entlang. Birgit eilt ihr entgegen.

Die alte Frau schaut sie an und fragt:»Ist etwas nicht in Ordnung mit dir oder deinem Vater? Oder setzt dir einfach diese Hitze zu?«

»Vati liegt mit Verdacht auf Herzinfarkt im Krankenhaus. Hoffentlich wird er wieder gesund.«

Die Tränen laufen ihr übers Gesicht. Mit der rechten Handfläche wischt sie sie ab.

»Wolf liegt bei dir auf dem Terrassentisch. Ein Teil der Dekoration liegt kaputt auf dem Boden. Ich muss sehen, ob er noch lebt.«

Die Nachbarin tröstet sie und fragt erstaunt nach:»Auf meinem Terrassentisch?«

Gemeinsam betreten sie Haus und Terrasse und finden den Hund schwerverletzt vor.

»Wir benötigen einen Tierarzt, der ihn untersucht«, sagt Birgit.

Der herbeigerufene Tierarzt schafft es nicht, den Hund zu retten.

Wolf ist tot. Wie verkraftet Vati es?

Ihr Handy klingelt, klingelt und klingelt. Sie nimmt es nicht wahr.

Dieser Tag hat es in sich.

Zurück im Haus ihres Vaters wäscht sie ihr Gesicht mehrfach mit kaltem Wasser ab und trinkt kühles Leitungswasser.

Die Wasserflasche füllt sie auf und fährt dann mit dem Fahrrad ins Marienkrankenhaus zu ihrem Vater. Er liegt auf der Intensivstation an Schläuchen und von Apparaten umgeben.

Stunden später wird er wach und schaut sie und die Umgebung fragend an und sagt leise: »Wie bin ich hierhergekommen«, und stöhnt dann: »Wolf, mein Wolf.«

Birgit merkt, dass er bei vollem Bewusstsein ist und fragt: »Wie ist der Hund auf den Terrassentisch gekommen?«

Ihr Vater antwortet: »Ich wollte ihn noch am Schwanz festhalten. Zu spät! Wolf hat es geschafft, sich durch die Balkonbrüstung zu schlängeln. Er ist einfach zu dünn geworden. Wo ist er jetzt?«

Dann fängt er lautlos an zu weinen.

Birgit steht vom Stuhl auf und streichelt ihm Gesicht und Hände. Dann antwortet sie: »Ach Vati, werde du erst einmal gesund. Dein Körper braucht Ruhe.«

Kurze Zeit später nickt ihr Vater ein, und sie beschließt, nach Hause zu fahren.

Die Dämmerung hat eingesetzt, und Birgit merkt, dass durch den Fahrradsturz das Vorderlicht defekt ist. Eigentlich unbedeutend, nur jetzt könnte sie Licht gebrauchen.

Das Telefon klingelt.

An einer Laterne steigt sie ab und nimmt das Gespräch entgegen.

Peter Meyer. Freundlich, zuvorkommend.

Sie freut sich die Stimme, den Namen zu hören und verabredet sich auf einen Wein mit ihm in den nächsten Tagen, um die Formalitäten zum Fahrradunfall zu besprechen.

Eine angenehme Kühle ist der Hitze des Tages gewichen. Diese frische Luft und Zuversicht begleitet sie auf dem restlichen Heimweg.

# Emma, das Pubertier

»Nein, ich will mich nicht konfirmieren lassen. Nur wegen Geld immer wieder am Sonntag in die Kirche rennen. Nein, nein, nein!«

Meine Eltern funkeln mich wütend an. Bevor einer von ihnen den Mund aufmacht, bin ich raus aus dem Wohnzimmer. Rein in meine Höhle. So, hier habe ich meine Ruhe. Na, von Ruhe ist keine Rede. Mein Smartphone gibt Laut. Oh, nein hoffentlich nicht die blöde Pauline. Immer schreibt sie mir. Die kapiert nichts. Lieber wäre mir, wenn ihr großer Bruder Paul schreiben würde. Ja, Paul. Mein Herz rast, wenn ich ihn sehe. Die Brust wird eng. Ich mag ihn gar nicht ansehen. Aber er sieht mich auch nicht an. Wenn ich zu den Jungs stoße, dreht er sich um. Schaut weg. Manchmal fängt an, den Ball zu treten, wenn sie auf dem Bolzplatz sind. Ja, Fußball scheint seine Leidenschaft zu sein.

Eine WhatsApp von Pauline. Lese ich jetzt nicht. Ich stehe doch nicht immer parat.

Oh, sie, die Frau meines Vaters, ist im Anmarsch. Jetzt schnell die Tür abschließen. Das kann sie gar nicht leiden. Hoffentlich wird sie wütend. Dann brüllen die beiden sich wieder an. Kindererziehung scheint schwierig zu sein. Warum lassen sie mich nicht das machen, was ich will.

Schon wieder eine WhatsApp. Diese blöde Pauline gibt keine Ruhe. Mal sehen, was sie geschrieben hat.

Hi, sehen wir uns gleich? Sprechen!!! Fete heute Abend? Sie, die Alten, sind weg. Hi, hi, hi.

Jetzt fasst meine Mutter die Türklinke an. Sie kommt nicht rein. Mein Zimmer ist mein Zimmer.

»Emma, wir müssen reden.«

Ich schweige. Nicht reden kann ich wirklich gut.

Mein Smartphone gibt wieder Laut. Besser ich antworte Pauline, sonst bombardiert sich mich im Sekundentakt. Die Nachricht kommt nicht von Pauline. Sondern, ich glaube es nicht, aber es ist wahr. Paul hat mir geschrieben. Ich flattere, so wie meine Schmetterlinge im Bauch. Die Schrift verwischt vor meinen Augen. Ich kann nicht mehr lesen. Oh, ich glaube, ich werde blind.

Es klopft wieder an der Tür. Natürlich sie, die Frau meines Vaters. Klar ist sie meine leibliche Mutter. Aber für mich nur die Frau meines Vaters. Sie ist nur nervig. Mich versteht sie überhaupt nicht. Von verliebt sein hat sie keine Ahnung. Sie ist einfach alt.

»Emma, so geht es nicht. Wenn du nicht bereit bist, mit mir zu reden, dann ist der Kinobesuch morgen gestrichen.« Will ich sowieso nicht, denke ich.

Typisch, jetzt kommen die Verbote. Ich hasse sie. Am besten schweige ich.

Jetzt die Nachricht lesen. Da steht, ich glaube es kaum. Er nimmt mich doch wahr. Er lädt mich zur Fete ein. Da steht: Kommst du? Ein Smiley. Wie süß.

Meine Antwort lautet: Klar! Smiley, Smiley, Smiley.

Jetzt zu ihr, meiner Mutter. Ich glaube, ich schließe mal Frieden mit den beiden bei mir zu Hause.

Vorher eine WhatsApp an Pauline. Natürlich sage ich bei ihr zu. Doppelt hält besser. Ob er meine Handynummer von Pauline hat? Bestimmt!

Leise öffne ich meine Zimmertür. Sie sind im Wohnzimmer am Streiten. Es geht um mich. Mein Vater ist wie immer auf meiner Seite.

Ich höre ihn laut und ärgerlich sagen: »Melanie, du bist zu streng mit ihr. Mit Verboten erreichst du nichts bei ihr. Sie ist mitten in der Pubertät.« Klar bin ich in der Pubertät. Ist das eine Krankheit?

Am besten warte ich einen Augenblick, bis ich ins Wohnzimmer gehe. Jetzt schweigen beide. Ich zähle bis hundert. Öffne die Wohnzimmertür.

»Entschuldigung.«

Schweigen im Raum. Meiner Mutter entgleisen die Gesichtszüge. Wut lese ich nicht darin, nur Erstaunen. Beide schauen mich an. Entschuldigungen von mir kennen sie, glaube ich, nicht. Jetzt die Gelegenheit nutzen. Sie weiter verblüffen. Meine Chancen, dass zu erreichen, was ich will, stehen gut. Jetzt nur nichts falsch machen. Ich lasse meine Bombe platzen. Sie platzt mit einem lauten Knall.

»Ich nehme weiter am Konfirmationsunterricht teil. Die Feier in vier Wochen braucht ihr nicht abzusagen. Das Geld, das es zur Konfirmation gibt, ist nicht zu verachten.«

Erstaunen auf beiden Gesichtern. Sie beginnt zu lächeln. Typisch für die Frau meines Vaters.

»Schön, dass du es dir überlegt hast. Wir freuen uns darüber.«

»Darf ich heute Abend zu Pauline? Wir wollen Mathe üben, für die Arbeit am Dienstag.«

»Ja, sei bitte um dreiundzwanzig Uhr zu Hause.«

»Klar.«

Trällernd gehe ich in mein Zimmer. Das habe ich geschafft. Was ziehe ich nur an? Paul sollen die Augen aus dem Gesicht fallen. Leggins unter meinem kurzen Rock. Die Bluse von ihr, die sie schon länger vermisst. Die liegt unten in meinem Schrank. Damit sehe ich mindestens wie sechzehn aus. Umwerfend. Ich werde mich, wenn ich aus der Haustür bin, hinter der nächsten Ecke schminken. Dann merken sie nichts.

»Tschüs«, rufe ich laut, Stunden später, vom Flur aus ins Wohnzimmer.

Bevor sie reagieren können, bin ich weg. Toll sehe ich aus. Meine Haare ein Traum. Lauter Locken. Gut, dass ich den knallroten Lippenstift gestern gekauft habe.

Gleich bin ich bei Paul. Die Schmetterlinge beginnen wieder in meinem Bauch zu flattern. Erst langsam dann immer schneller. Diese Schmetterlinge flattern, flattern, flattern. Hoffentlich werde ich nicht rot, wenn ich ihn sehe. Dann merkt er, dass ich in ihn verliebt bin. Pauline darf es auf keinen Fall mitbekommen. Dann nervt sie mich.

Laute Musik dringt aus dem Haus. Die Fete ist schon in vollem Gange. Ich klingele, klingele, klingele. Keine Reaktion. Jetzt eine Musikpause. Ich drücke wieder auf die Klingel. Pauline öffnet mir. Ich schaue in den Raum. Meine halbe Klasse ist versammelt und andere. Na toll! Die Jungs aus meiner Klasse sind halbe Babys. Wo ist Paul? Ich sehe ihn nicht. Nimmt er etwa nicht an der Fete teil?

»Super, dass du da bist. Komm, wir tanzen.«

Ich gehe mit Pauline auf die Tanzfläche. Wir rocken einen ab. Mir wird warm. Von Paul bis jetzt keine Spur. Wir tanzen weiter. Die Musik dröhnt in meinen Ohren. Ob die Nachbarn die Lautstärke hinnehmen?

Oh, jetzt sehe ich Paul.

Lässig steht er mit einer Bierflasche in der Tür zum Flur. Jetzt sieht er mich. Er lächelt. Er kommt auf mich zu. Meine Schmetterlinge erwachen wieder zum Leben. Über meinen Hals steigt eine Röte in mein Gesicht. Oh, gleich sinke ich in Ohnmacht. Nein, ich bleibe stehen. Ich sage cool: »Darf ich einen Schluck Bier?«

Ich trinke einen Schluck aus seiner Flasche. Schmeckt bitter. Wir tanzen, tanzen, tanzen. Es ist längs dreiundzwanzig Uhr vorbei.

Heute ist heute. Morgen ist morgen.

# Romantisches Abseits

Wie jedes Jahr kommt der Valentinstag überraschend. Es ist nicht bekannt, wann er stattfindet. Es gibt keine Blumen, rote Rosen Wochen vorher, die auf diesen Tag hindeuten.

Selbst die Preise für Schokoladenherzen sind in der Fünferverpackung teurer als vergleichsweise in einer Viererverpackung.

Nein, es wird kein Profit aus dem Valentinstag gemacht.

Nein, der Handel verdient nicht daran.

In den letzten Jahren ist aus diesem Tag ein Riesengeschäft geworden.

Werfe ich mein Geld den Profitgeiern hin?

Nein, ich nicht!

Will ich am Valentinstag im Abseits stehen?

Nein, wir haben einen Tisch beim Portugiesen reserviert.

Oh, eine rote Rose! Ein Marzipanherz! Danke!

# Quark im Schaufenster

Wir lagen zu viert als Quark im Schaufenster. Ja, es ist richtig, dass meine Eltern vier Kinder geplant hatten. Zwei Jungen und zwei Mädchen. In verliebter Zweisamkeit hatten sie es besprochen. Warum sie die beiden Mädchen zuerst abholten, und die Jungs zurückließen, ist mir nicht bekannt.

Mich, Brigitte, holten sie zuerst ab. Rotblond, lockig und lebhaft. An meine Geburt habe ich keine Erinnerung. Sie fand im elterlichen Schlafzimmer statt. Ohne Arzt, aber mit Hebamme. Mit Sicherheit erschien im rechten Moment meine allgegenwärtige Großmutter nur, um zu helfen, aber meistens mischte sie den Haushalt auf. Von penibler Sauberkeit bei einer Geburt hatte sie nichts gehört. Mit Stallklamotten und ungewaschenen Händen erschien sie, Elsa Bustorf, dort. Als die Hebamme meine Großmutter erblickte, gab es eine energische Zurechtweisung. Eine Geburtshilfe hatte steril zu erfolgen. Da wir, meine Schwester und ich, gesund und munter durch unsere Kindheit spazierten, durfte sie dank der Hebamme nicht aktiv eingreifen.

Bei der Geburt meiner Schwester Anna war ich dabei. Welcher Aufsichtsperson ich ausrückte, entzieht sich meiner Kenntnis. Auf jeden Fall war der Geburtsvorgang für mich nicht wichtig. Mit einem Eimer voll Sand und Schaufel erschien ich dort, um in der Ecke Babys zu backen oder Kuchen? Dieser Sand-Backvorgang soll, nach anschaulicher Erzählung meiner Mutter, mit Wutanfällen gewürzt gewesen sein. Das neue rotblonde schreiende Etwas, das diese Welt erreichte, erschien mir nicht beachtenswert.

Selbst mein Vater hatte Schwierigkeiten mit einer zweiten rothaarigen Tochter. Warum haben die beiden nicht einen der Quarkjungen aus dem Schaufenster abgeholt. Selber Schuld!

Als er bei den Dörflern einen auf die neugeborene Tochter ausgab. Babys muss man ja pinkeln lassen, ärgerten einige junge Männer ihn. Sie riefen, »dass er nur im Stande sei rothaarige Mädchen zu zeugen.« Ein Wort gab das andere. Eine Prügelei entwickelte sich. Armer Papa. Seine blauen Augen waren tagelang blau umrandet. Später verfärbten sie sich grün. Lange bevor meine Schwester Anna ein Wort sprach, sah er wieder normal aus.

Die Quarkjungen holten sie nie ab. Schade! Als Ersatz spielten wir mit Hartmut, dem jüngsten Sohn der Mieter Schulze. Seine viele Jahre älteren Geschwister verspürten, keine Lust mit ihm zu spielen. Aber wir mochten ihn. Wir drei passten gut zusammen. Das Dorf gehörte uns.

Wenn die Dorfkinder mal wieder zu blöd waren, spielten wir auf dem Hof. Auf unserem Hof ließ es sich gut spielen.

Eines Tages wollten Anna und ich eine Katze haben. Wir wussten genau, wie sie aussehen sollte. Schwarz mit einem weißen Näschen. Kuschelig weich sollte sie sein. In meinem Korbpuppenwagen wollten wir das Kätzchen spazieren fahren. Es sollte nur uns gehören. Hartmut hatte ja eine Katze. Die war zu eigensinnig. Diese alte Katze machte, was sie wollte.

Vor uns lief sie oft weg. Blödes Vieh.

Wir fragten Mama nach einem Kätzchen. Antwort: »Nein!«

Wir fragten Oma und Opa. Antwort: »Nein, nein!«

Dabei war es oft so, dass Oma uns etwas erlaubte, was die Eltern vorher verboten hatten. Oma ärgerte gerne die beiden. Aber diesmal kamen wir dort nicht weiter. Es fehlte jetzt nur Papa, den wir nicht gefragt hatten.

Der kam in diesem Moment mit dem Pferdegespann auf die Hoffläche gefahren.

Hinten auf dem Kastenwagen quiekten die kleinen Ferkel, die er beim Bauern gekauft hatte. Zwei für uns und eins für die Großeltern.

Eins von unseren Ferkeln quiekte laut. Es hatte Hunger oder weinte nach seiner Mama. Ich durfte es auf den Arm nehmen. Klein, rosa mit einem Ringelschwänzchen. Mit dem Schnäuzchen stupste es mich an. Wir streichelten es mit Begeisterung.

»Papa, dürfen wir dem Ferkel einen Namen geben?«

»Ja.«

Nachdem die Ferkel in der Box untergebracht waren. Konnte ich sehen, wie sich unser Schweinchen ins Stroh kuschelte. Es hatte sich ein Nest gebaut. Jetzt fiel uns wieder unser Kätzchenwunsch ein.

Anna bettelte: »Dürfen wir ein kleines schwarzes Kätzchen, bitte, bitte liebster Papa.«

Ich fiel ins Schmeicheln mit ein.

»Nein, Anna, nein Brigitte. Es gibt keine zweite Katze zum Mäuse fangen. Die Katze von Schulze reicht für Haus und Hof.«

Schade!

Aber wir hatten ja das kleine Ferkel.

»Anna, wollen wir dem Ferkel einen Namen geben?«

»Ja, das ist dann unser Ferkel:«

»Ich nenne es Mietzie.«

»Nein, Mausi ist ein schönerer Name.«

Anna und ich einigten uns auf Mietziemausie für unser lebendiges Kuscheltier.

Ein paar Tage später spielten wir mit Hartmut.

Nach einiger Zeit fragte ich ihn: »Willst du Mietziemausie sehen?«

»Habt ihr eine Katze?«

»Nein, ein Ferkel.«

»Ihr beiden spinnt! Ein Ferkel heißt Fritz, Paul, Hans. Aber nie Mietziemausie.«

»Unser schon!«

Wir liefen in den Stall. Das Ferkel lag hinten im Stroh. Hartmut und ich konnten es dort sehen.

»Ist es nicht süß?«

»Ich sehe es nicht. Ihr seid gemein«, jammerte Anna.

An der Box stand eine Futtertonne. Über einen Hocker halfen wir Anna hinauf. Als sie oben stand und sich nach vorne beugte, rutschte der Deckel zur Seite. Sie fiel in die Dranktonne. Im ersten Moment waren wir starr vor Schreck. Danach versuchten Hartmut und ich die Tonne zu kippen. Unsere Kräfte reichten nicht aus. Anna brüllte wie am Spieß. Hartmut stieg auf den Hocker, um ihr eine Hand zu reichen. Er kam nicht an. Dann sprang Hartmut runter und rief: »Sei still. Ich bin Ritter Hartmut. Sofort hole ich mein Zauberschwert, um dich zu erretten.« Er entschwand. Nach kurzer Zeit kam er mit Ritterhelm auf dem Kopf, das geliebten Holzschwert in der rechten Hand schwingend, zurück.

Schwang es, als er auf den Hocker stieg. Um ihr das Schwert zu reichen, beugte Hartmut sich vor. Der Hocker kippte. Jetzt hing er an der Futtertonne. Anna brüllte weiter. Hartmut hatte Mühe, sich mit der einer Hand festzuhalten. Ich versuchte den Hocker aufzurichteten.

Die Stalltür öffnete sich. Unsere allgegenwärtige Oma stand breitbeinig mit verschränkten Armen in der Öffnung.

Oh weih, das gibt Ärger!

Es gab Ärger!

Oma befreite das stinkende brüllende Etwas aus der Tonne. Essensreste, Feuchtigkeitsspritzer auf dem ganzen Körper verteilt. Schuhe, Strümpfe, Hose total feucht verdreckt. An Omas Arm hingen Kartoffelschalen. In ihrem Gesicht klebte etwas undefinierbares Weißes. Ein Weißbrotrest? Beide sahen witzig aus. Ich fing laut an zu lachen. Hartmut hatte sich an die Hausecke verdrückt. Er grinste übers ganze Gesicht. Hartmut hatte es gut, denn von dort kam er schnell weg.

Oma kam schimpfend auf mich zu: »Du verdammtes Gör hast deine kleine Schwester in die Futtertonne gesteckt. Das sage ich deinen Eltern. Du bekommst heute Abend eine Tracht Prügel.«

Oh weih, oh weih!

»Ich war es nicht. Sie ist von allein hineingefallen:«

»Du verdreite Dirn, kannst mir viel erzählen.«

Oma schaute mich bitterböse an. Ihre blauen Augen funkelten.

Zum Glück schien an diesem Tag die Sonne, sodass Oma Anna in die Zinkwanne stecken konnte. Sie brüllte wieder, denn das Brunnenwasser war eiskalt. Die Essensreste schwammen um sie herum. Ein Bild für die Götter. Ich durfte nicht mehr lachen. Sonst wäre Omas Wut auf mich noch größer geworden. Dabei hatte ich nichts gemacht.

Oma zog ihr jetzt die nasse Kleidung aus. Splitterfasernackt stand sie in der Sonne.

Hartmut feixte sich einen. Er rief neckend: »Nackte Anna, nackte Anna.«

Oma drohte mit der Faust. Anna fing wieder an zu heulen.

Aber nach einer Weile war sie sauber angezogen. Die Wäsche hing an der Leine. Wir drei spielten wieder zusammen. Dabei entdeckten wir Hartmuts Katze unter dem Walnussbaum. Dort blieb sie nicht, als wir näherkamen. Sie war blöd. Keine Katze zum Spielen.

»Wollen wir mit Mietziemausie im Puppenwagen spazieren fahren?«, fragte Anna, der es schon wieder richtig gut ging.

Hartmut und ich brachten sie mühsam davon ab. Wir wollten heute nicht noch mehr Ärger haben, denn die Tür zur Box durften wir Kinder nicht öffnen.

## Das Segelboot

Der Matrose lief,
der Schipper schlief.
Ein Band mit Kind,
machte ganz viel Wind.
Ein Segelboot,
war fort in Not.


Das Segelboot 2

Ein Segelboot im Abendrot,
war fort ohne Not.
Der Schipper schlief,
während der Matrose lief.
Ein Kind machte ganz viel Wind.


Das Segelboot 3

Ein Segelboot,
wollte segeln bei Abendrot.
Der Schipper schlief,
während der Matrose lief.
Ein Kind,
machte viel Wind.

## Das Segelboot 4

Das Segelboot fegte übers Land,
an einem langen Band.
Es stoppte an einem Bach,
da wurde der Schipper wach.
Sie suchten es hier und dort,
es war fort.


## Das Segelboot 5

Heute wollte ein Segelboot,
segeln bei Abendrot.
Jedoch der Schipper schlief,
während der Matrose lief.
Ein Kind,
machte ganz viel Wind.
Das Segelboot fegte übers Land,
an einem langen Band.
Stoppte vor dem Bach,
da wurde der Schipper wach.
Der Matrose kam an ganz rot,
ohne Segelboot.
Sie suchten es hier und dort,
es war fort.


## Das Segelboot 6

Heute wollte ein Segelboot,
segeln bei Abendrot.
Jedoch der Schipper schlief,
während der Matrose lief.
Da machte ein Kind,
ganz viel Wind.

## Speeddating

Freitag um 18.30. Uhr empfangen mich im Supermarkt rote Herzen. Kitsch pur. Die Verkäuferin gibt mir eins mit der Zahl 13.

»Ich wünsche ihnen heute den Mann ihrer Träume.«

Ich schaue sie erstaunt an. Woher hat sie die Information, dass ich auf meinen Traummann warte?

Die Einkäufe landen im Korb. Diskret sehe ich mich um. Keiner dabei. Schade!

An der Kasse gibt die Verkäuferin mir eine Handynummer.

»Ich wünsche Ihnen Spaß beim Date.«

Wer hat die Telefonnummer für mich hinterlegt? Mein Traummann?

Nein, der doofe Nachbar, der im Laufe der Verabredung immer mehr zum Traumprinzen wird.

Die Nummer 13 hat mir Glück gebracht.

## Schwienschiet mit Dill

Es nervt! Ihr Blick fällt zum wiederholten Mal zur großen weißen Küchenuhr mit den schwarzen Zeigern. Ihre Nackenhaare steigen langsam hoch. Sie versucht sofort die leichte Wut, auf ihren Mann, zu unterdrücken. Es ist schon 18 Uhr durch und er ist nicht zu Hause. Peter weiß genau, dass sie mit dem Essen wartet. Ob er nur arbeitet?

Morgen ist ihr Geburtstag. Letztes Jahr hatte er ihn vergessen. Typisch für ihn.

Das Telefon klingelt. Agnes nimmt den Hörer ab und hört: »Hallo, Schatz, ich bin gleich zu Hause.«

»Unnötige negative Gedanken. Schäme dich Agnes!«, sagt sie zu sich.

»Was bedeutet gleich?«

»Ich brauche ca. 10 Minuten, um die Arbeit zu beenden, und fahre dann los.«

»Ich setze gleich die Ofenkartoffeln auf, dann sind sie rechtzeitig gar. Der Salat ist schon fertig.«

»Was gibts dazu?«

»Oh, schon wieder versucht er Einfluss, aufs Essen, zu nehmen. Typisch!«, grummelt sie verärgert und bemerkt, dass ihr schon wieder die Nackenhaare hochsteigen. Nur ruhig bleiben!

»Schwienschiet mit Dill!«

»Ach, Agnes, hör auf mich zu veräppeln. Ich habe dafür keinen Nerv!«

»Ich serviere ihm mal Schwienschiet, dann würde er endlich merken, dass in unserer Beziehung nicht alles glatt läuft,« sagt sie leise zu sich selber.

»Wollen wir um 50€ wetten?«

»Brauchst du schon wieder Geld? Immer klöterst du mit meinem sauer verdienten Geld rum! Teil es dir besser ein.
Nein, ich wette nicht mit dir! Du bringst es fertig, in der Zwischenzeit zum Misthaufen vom Bauern Meyer zu laufen, um mir etwas Stinkendes in die Küche zu stellen. Pfui, pfui, Agnes!« Seine Stimme wurde immer lauter und wütender.

Agnes fängt an zu lachen.

Seine Stimme überschlägt sich fast, als er sagt: »Ich will Schnitzel oder 2 Bratwürste dazu! Fertig aus! Sonst esse ich ab jetzt auswärts!«
»Mach es doch! Dann kommen zu deinen 20 Kilo Übergewicht einige Pfunde dazu. Dein Bauch wird dann immer dicker und du platzt!«
»Das glaube ich nicht«, antwortet er mit leiser zischender wutunterdrückter Stimme und dann ist ein Knall zu hören.

Doch geplatzt!

»Peter, Peter, was ist los mit dir, bei dir?« Keine Antwort. Nur ein lautest Atmen. »Peter, Peter, was ist mit dir? Ach, Peter, es tut mir so leid, was ich gesagt habe. Entschuldigung!«

Ruhe. Kein lautest Atmen mehr. Er ist ein ausgezeichneter Schauspieler. Er versucht wieder, mich mit allen Mitteln zu dominieren, und außerdem will er bemitleidet werden, wenn er sich verletzt. Es nervt!

»Ach, Friede, Agnes, ich esse deine Ofenkartoffeln mit Salat, und ab morgen bin ich spätestens um 18 Uhr zu Hause. Der Luftballon mit deinem Geburtstagsgeschenk ist geplatzt. Ich habe mich vorhin neben den Bürostuhl gesetzt, bin gefallen und darauf gelandet! Aua, aua, mein Po und mein rechter Arm schmerzen.«

## Raubtier

Das Raubtier ist nicht in mir.
Aber es ist auch nicht hier.
Vor zwei Tagen war es noch da.
Heute ist es weiter weg, aha.
Die Spuren sind alt.
Machen vor meinem Zaun nicht halt.
Lieber wäre mir ein Raubtier auf der Heide.
Nicht hier auf der Weide.
Es versteckt sich oft auf den Hügeln.
Man kann es nicht reiten, auch nicht mit Bügeln.
Im Gras liegend ist es auf Beute aus.
Dann sehe ich es oft vom Haus aus.
Vom Auge ins Auge sehend.
Ist es dann weg umgehend.
Jetzt schleicht es durchs Gras.
Und ist auf alles voller Hass.

# Paul

Heute, an einem sonnigen Frühlingstag, laufe ich Streife in einem Wohnviertel, wo Einzelhäuser, Reihen- und Doppelhäuser stehen. Jeder im Ort kennt mich, die Kontaktpolizistin Andrea Hellier, da ich schon viele Jahre in diesem Polizeibereich arbeite. Als ich um die Ecke in die Mahlerstraße biege, fällt mir ein großer schwarzer Hund auf, der frisst. Nur was? Er steckt die Schnauze in etwas Helles und zerrt daran. Eine Tüte? Kein Besitzer zu sehen.

»Hallo, hallo, Sie. Hilfe, Hilfe!«
Dieser Hilfeschrei schreckt mich aus meiner Beobachtung auf. Ich schaue jetzt von dem fressenden Hund zu der kleinen aufgeregten alten Frau, die vor mir steht. Da ich Kontaktpolizistin bin, werde ich oft angesprochen und versuche dann, die Probleme zu lösen.
Sie stammelt: »Frau Kommissar Hellier, das Geld ist weg. Dabei hat sie, die Ina, es nicht abgeholt und trotzdem ist das Geld weg. Der schwarze Hund stand wieder da. Paul hat ihn gesehen. Er hasst ihn. Ich glaube, Paul ist tot. Helfen sie mir!« Ihre weißen Löckchen wippen, während sie mit mir spricht.

Mit sanfter Stimme stelle ich mich auf sie ein. Jetzt schafft sie es meine Frage: »Wo wohnen Sie«, zu beantworten.
»Da drüben, schauen Sie, wo die grüne Haustür ist.«
Der schwarze Hund, den ich vorhin gesehen habe, fraß doch dort. Was hat er nur gefressen? Jetzt ist er nicht mehr zu sehen.
»Paul, der Paul. Helfen Sie mir.«
»Sie wohnen in der 35.«

»Ja.«

»Ich komme mit Ihnen. »Ihr Name bitte?«

»Ja, Helga, Helga heiß ich!«

»Ihren Nachnamen, bitte.«

»Paulsen.«

»Moment, Frau Paulsen wir schauen gleich nach ihrem Mann.«

Per Handy erfrage ich in der Wache, wer unter der Anschrift gemeldet ist. Zwei Personen mit Namen Helga und Paul Paulsen. Es gibt ihn dort. Außerdem teile ich meinem Kollegen, der am Telefon ist, mit, dass ich das Haus betrete.

»Wenn du Hilfe brauchst, Andrea, melde dich.«

»Danke, tschüs!«

Durch die unverschlossene Haustür betreten wir das Gebäude. Auf den beiden Fluren keine Spur von Herrn Paulsen. Aber ein riesiger roter Fleck auf dem hinteren Flur. Blut?

»Wo lag ihr Mann?«

»Ja, hier!«

Gellend schreit sie: »Paul, Paul.«

Keine Antwort. Im Haus ist es still. Totenstill.

»Lag er hier im Blut?«

»Nein, kein Blut, aber hier.«

Wo ist Herr Paulsen? Gründlich durchsuche ich jeden Raum. Chaos pur. Alles durcheinander. Schubladen herausgerissen. Der Inhalt liegt auf dem Boden. Das Badezimmer ist verschlossen.

»Frau Paulsen, wo ist der Schlüssel?«

Sie schüttelt den Kopf.

»Schließen Sie das Bad ab?«

»Nein, Paul. Damit ich nicht sehe, was er dort macht. Und die Ina nimmt er immer mit hinein.«

Die Geschichte wird bunter und das an einem sonnigen Frühlingstag. Womit habe ich das verdient?

Aus dem Badezimmer dringt kein Laut. Ich frage erst einmal weiter, um mir in der Zwischenzeit zu überlegen, wie sich die Tür, ohne großen Schaden zu verursachen, öffnen lässt.

»Frau Paulsen, was ist mit dem Geld?«

»Ja, Ina, sein Liebling brauchte Geld. Vor 14 Tagen tausend Euro und jetzt tausende Euro.«

»Wofür brauchte sie das Geld?«

»Ja, für die Perücke.«

»Für die Perücke?«

»Ja, sie hatte die Haare blau gefärbt. Danach sollten sie wieder blond werden. Stellen sie es sich mal vor, dann hatte sie grüne Haare. Wir haben ihr etwas davon abgeschnitten. Es sah auf dem Boden wie Gras aus. Nein eher wie Heu.«

Ich schlucke. »Und wofür braucht sie jetzt das Geld?«

»Für das neue Auto.«

»Wo haben Sie das Geld aufbewahrt?«

»Na, auf dem Tisch in der Schachtel. Jetzt ist es weg. Das schöne Geld!«

»Haben Sie überall gesucht?«

»Ja.«

Ich schaue mir das Schloss der Badezimmertür an. Wie bekomme ich sie ohne Schlüssel auf? Die Lösung naht. Frau Paulsen reicht mir einen Schlüssel. Er passt!

»Wo haben Sie den Schlüssel her?«, frage ich total erstaunt.

»Aus dem Bademantel von Paul, der im Schlafzimmer im Schrank hängt.«

Das Badezimmer ist leer. Keine Spur vom Vermissten. Den roten Fleck im Flur schaue ich mir jetzt näher an. Er riecht nicht nach Blut. Ein Saft?

»Das ist der rote Beetesaft, den hat Paul vergossen. Wir trinken ihn immer. Aber Paul zitterte heute und dann lag er da.«

»Wo ist das Glas? Weiß ich nicht. Ich hatte doch die Blumenvase in der Hand.«

»Die Blumenvase? Was wollten Sie damit machen?«

»Ja, werfen! Paul darf nicht immer meinen Saft austrinken!«

»Haben Sie geworfen und ihren Mann getroffen?«

»Nein, er lag schon vorher dort.«

Mir steht langsam der Schweiß auf der Stirn.

»Womit haben Sie ihrem Mann versorgt?«

»Nichts, ihn liegen lassen!«

»Wie lange?«

»Weiß ich nicht.«

Was hat sich in diesem Haus zwischen dem Ehepaar abgespielt?

Mir wird heiß und kalt.

Im kleinen Garten habe ich nicht gesucht. An der Küchentür, die ich jetzt öffne, stehen eine Schubkarre und daneben ein Spaten. Küchenhandtücher mit roten Flecken liegen neben der Schubkarre im Gras. Etwas weiter längs bei den Büschen ist gegraben worden. Unkraut verwelkt dort. Ich behalte Frau Paulsen im Auge und greife zum Funkgerät.

»Ich brauche Hilfe, kommt bitte. Bringt den Leichensuchhund mit.«

Kaum habe ich das Funkgerät abgeschaltet, bemerke ich einen älteren Mann, der am Grundstückszaun steht und mich anschaut.

»Herr Paulsen?«

Keine Antwort. Aber er betritt jetzt durch die Pforte das Grundstück und fängt dann doch an zu sprechen.

»Ich brauchte frische Luft. Meine Frau hatte heute wieder einen Rappel. Sie forderte Geld. Als sie ihren Willen nicht bekam, warf sie das Wurstpaket aus dem Küchenfenster zum schwarzen Hund hin, dem Streuner. Unser Mittagessen, die

Wienerwürstchen. Den Saft, den sie bitter findet, kippte sie in den Flur. Dann habe ich den toten Mann gespielt, damit sie sich beruhigt. Das hat bis jetzt immer gewirkt. Ich bin körperlich und psychisch am Ende.«

»Was ist mit den blutigen Handtüchern dort?«
   »Ich hatte mich gestern bei der Gartenarbeit verletzt.«

»Oh Paul, mein Paul du lebst. Ich will jetzt das Geld, du sollst es nicht Ina geben.«
   »Ich habe kein Geld. Und eine Ina gibt es nur in deiner Fantasie.«

Frau Paulsen fängt an, kreischend zu schreien und auf ihren Mann mit Fäusten einzuschlagen. Ich packe sie von hinten und bekomme sie gebändigt.
   Meine Kollegen treffen ein, als alles erledigt ist. Frau Paulsen wird nach amtsärztlicher Untersuchung in die Psychiatrieabteilung der nächsten Klinik eingewiesen.
   In einer Stunde endet meine Arbeitszeit an diesem sonnigen Frühlingstag.

# Eine ganz besondere Bewandtnis oder nicht?

Der freundliche Postbote strahlte mich an und meinte: »Post für Sie Frau Erding von Frau Erding.« So ein Scherzkeks, dachte ich, und fing laut an zu lachen. Der Postbote grinste, winkte mir zu und fuhr mit seinem Auto weiter. Mit dem Paket in der Hand schaute ich ihm nach. Im Haus fing das Telefon an zu klingeln und hörte kurze Zeit später auf. Wer ruft mich an? Bestimmt mein Bruder Peter, der sich heute um die Konten unseres verstorbenen Vaters kümmert. Hoffentlich nicht der anonyme Anrufer.

Vor fast vier Wochen verstarb unser Vater im gesegneten Alter von 88 Jahren. Kurze Zeit später fingen diese Anrufe an. Wir waren für die Haushaltsauflösung zuständig, denn unsere Mutter verstarb, als wir Kleinkinder waren und Stiefmutter Lisa vor fünf Jahren. Es setzte mir zu, in seinen Sachen zu wühlen und alles zu entsorgen. Als Andenken hätte ich gerne ein Hochzeitsbild unserer Eltern behalten. Leider waren keine Bilder vorhanden. Schade, weil mir nur schemenhafte Erinnerungen an meine früheste Kindheit mit den Eltern geblieben waren.

Das Paket stellte ich auf den Esszimmertisch, um eine Schere zu holen, denn die dicke, solide Schnur ließ sich nicht öffnen. Vor Schreck fiel mir fast die Schere runter, als das Telefon erneut laut anfing zu klingeln. Mit der Schere bewaffnet nahm ich den Hörer ab. Brauchte ich schon eine Waffe, um Telefongespräche entgegenzunehmen? »Bestimmt nicht! Nur Zufall!«, machte ich mir selber Mut.

Aus dem Hörer drang kein Laut. Typisch für meinen anonymen Anrufer. Kein Stöhnen, oder andere obszöne Laute, nur Stille.

So, jetzt zum Paket. Was befand sich darin? Wer hatte mir ein Paket geschickt? Ja, wer? Mein Blick wurde von dem Namen angezogen. Der Postbote hatte recht, so recht. Ein Paket von Elise Erding an Elise Erding. Wer war die andere Elise Erding? Eine geheimnisvolle Fremde? Ein seltener Name. Meine verstorbene Mutter hieß so. Nach ihr wurde ich benannt.

Ein Paket aus dem Jenseits? Ach Quatsch!

Mit der Schere in der Hand stand ich vor dem Paket und wagte kaum, die Schnüre durchzuschneiden. Was erwartete mich? Mit den Mut machenden Worten: »Ran an den Feind«, drehte ich es in der Hand. Das Telefon klingelte. Hoffentlich nicht schon wieder der anonyme Anrufer. Nein, mein Bruder Peter. »Elise, du Geheimniskrämerin, ich bin gleich bei dir!«, sagte er. Was hatte das zu bedeuten? Obwohl wir uns gut verstanden, konnte er manchmal schwierig sein.

Peter kam wütend an und erdrosselte mich fast mit seinen Blicken, und zischte dann: »Na, beunruhigt?«

»Nein, sollte ich?«

»Das Geld hätte ich gut gebrauchen können. In der Tat, der alte Herr liebte Geheimnisse und du scheinbar auch. Schäme dich! Schau dir diese Zahlungen an.«

»Sind die etwa an Elise Erding gegangen?«

»Ja, an dich! Wofür? Kein Wunder, dass du dir so viel leisten konntest!«

»Ich habe keine Zahlungen von Vater erhalten!«

»Ach, lüge nicht! Hier steht es schwarz auf weiß. Die Kontoauszüge beweisen es.«

»Bitte, Peter, beruhige dich und werfe einen Blick auf den Absender dieses Pakets.«

»Elise Erding? Gibt es den Namen zwei Mal?«

»Lass uns das Paket öffnen!«

Peter schnitt die Schnur durch und wir schauten auf etwas Weißes. Das verschwundene Hochzeitskleid unserer Großmutter. Zur Hochzeit getragen von ihr, von meiner Mutter und zuletzt von mir. Wie kam es aus der Reinigung, wo das Kleid verschwand, zu einer Elise Erding?

»Peter, lass uns Elise Erding suchen.« Welches Geheimnis umgibt diese Frau?

Peter und ich stellen Himmel und Hölle in Bewegung, um sie zu finden. Die Wochen vergehen, bis es an meiner Haustür klingelt. Wir öffnen die Tür. Eine alte rüstige Dame steht davor und sagt:

»Hallo, darf ich eintreten? Ich bin Elise Erding, die Frau, die ihr sucht, eure Mutter. Mir fehlte bis jetzt der Mut, am Telefon zu sprechen oder einen Brief ins Paket zu legen. Der Tod eures Vaters und mein Hochzeitskleid, das ich in der Reinigung sah und mitnahm, brachten meine Vergangenheit in die Gegenwart.

Als ihr klein ward, litt ich durch Überlastung an Depressionen. Euer Vater brachte mich in eine Anstalt und ließ sich scheiden. Er zahlte Unterhalt, verweigerte mir jeden Kontakt zu euch. Aus Angst vor ihm hielt ich mich daran.«

Die Vertrautheit zwischen uns wächst im Laufe der Zeit. Peter und ich sagen nach ein paar Wochen zu ihr: »Schön, dass wir dich, unsere Mutter, wieder gefunden haben.«

## Das Auto im ersten Stock

Markus fiel in den Sekundenschlaf. Das Auto kam von der Fahrbahn ab. Rutschte mit hohem Tempo über das Gras in den Graben, über einen Hügel. Flog gegen die Hausecke. Kam im ersten Stock an einem dort aufgebauten Gerüst zum Stehen. Nein, es hing dort. Mittlerweile war Markus wieder wach. Er schaute aus dem Autofenster. Hier kam er nicht allein raus. Scheiße!

Mittlerweile ging das Licht im Haus an. Ein Gesicht mit weit aufgerissenen Augen schaute auf ihn und das Auto.

Feuerwehr und Polizei schafften es, Markus und den Pkw zu bergen.

Das neue Jahr fängt ohne Führerschein an.

## Gott

»Geht es dir gut?«

»Doch, doch. Mir schmerzt nur meine Hand!«

»Hattest du einen Unfall?«

»Ja!«

»Oh Gott, oh Gott.«

»Bist du vom Fahrrad gefallen?«

»Nein. Das Fahrrad ist gefallen.«

»Auf dich?«

»Ja.«

»Oh Gott, oh Gott.«

»Von alleine?«

»Nein. Nur durch einen nicht einzukalkulierenden Umstand.«

»Oh Gott, oh Gott.«

»Hast du das Fahrrad geschoben?«

»Ja!«

»Warum hast du dein Fahrrad geschoben?«

»Wer sein Fahrrad liebt, der schiebt.«

»Du spinnst.«

»Ich habe es über den Zebrastreifen geschoben.«

»Und da bist du gefallen?«

»Ja.«

»Warum?«

»Eine haltende Autofahrerin fuhr an. Sie erwischte mich.«

»Scheiße.«

»Ja.«

»Oh Gott, oh Gott.«

## Spuren im Sand

Die Spuren im Sand.
Verdeckt durch den Wind.
Die Erinnerung an dich.
Im Herzen eingeschlossen.
Meine Gedanken fliegen zu dir.
Erreichen dich.

## Die Weihnachtsfeier

Wird die Hose der Märchenerzählerin reißen? Fasziniert schaut Karin auf die weihnachtlich geschmückte Bühne zur Erzählerin hin. Ein Lächeln umspielt ihren Mund. Ihre Freundinnen Marie und Silke unterhalten sich leise zur Musik des Akkordeonspielers. Nur Elke schaut sie an und fragt: »Wird sie reißen oder nicht?«

Vor einer Stunde hat die besinnliche Weihnachtsfeier der Schützenfrauen angefangen. Warmes Kerzenlicht erhellt den Raum. Auf dunkelgrünen Tischdecken stehen kleine rote, weiße, rosa Weihnachtssterne, leckeres Weihnachtsgebäck, Tee und Kaffee. Ein Hauch von Tannenduft liegt in der Luft. Draußen in der Dämmerung fallen dicke, feuchte Schneeflocken. Der Akkordeonspieler zieht seine Jacke aus und fängt an zu spielen: Leise rieselt der Schnee.

Karin flüstert Marie zu: »Schau mal raus! Kitsch pur!« Eine wohlige Wärme durchströmt Elke. Solche Weihnachtsfeiern liebt sie. Einige summen die Weihnachtslieder mit. Klapperndes Geschirr und kündigen die Schwarzwäldertorte und Nusstorte an.

Silke meint, als sie sich ein großes Stück Kuchen in den Mund schiebt: »Lecker.«

Jetzt singen viele die Lieder mit. Elke singt laut. »Macht hoch die Tür, die Tor......« Es klingt schaurig schräg. Marie, die neben ihr sitzt, stößt sie an und zischt: »Pst, pst, pst!«

Einige Frauen, die am Nachbartisch sitzen, bemerken den Vorfall und grinsen. Elke läuft im Gesicht puterrot an. Sie ist so sauer auf Marie, dass sie ihr den Rücken zudreht und nicht mehr singt. Weihnachtliche Bilder und Winterbilder laufen über die Leinwand, die auf der mit großen weißen und roten Weihnachtssternen geschmückten Bühne steht. Eine brennende rote Kerze auf einem Tannengesteck wird abgelöst von schneebedeckten Tannen im Sonnenlicht, verschneite Dörfer.

Oh Tannenbaum, oh Tannenbaum, spielt jetzt der Musiker. Eine Winterurlaubssehnsucht steigt in Karin hoch. Ja, ein Weihnachtswunsch ist geboren worden. Ein kleines verschneites Dorf im bayrischen Wald wäre ein Urlaubstraum.

Leichter Brandgeruch reißt sie aus ihren Träumen. Silke hat sich ihre schicke neue weiße Bluse an der Kerze angeschmort, als sie zum Dominostein greift.

Elke tröstet sie mit den Worten: »Ach, das ist nicht so schlimm!« Doch für Silke ist es schlimm. Sie trägt sie heute das erste Mal. Die Tränen stehen ihr in den Augen.

Die Musik verstummt, denn jetzt kommt der Höhepunkt der Weihnachtsfeier. Die Märchenerzählerin betritt die Bühne. Eine kleine rundliche Person mit einem schwarzen kurzen modernen Haarschnitt und einer auffallenden, aber passenden Brille. Die schwarze Hose sitzt stramm über ihren Oberschenkeln. Ein freundliches, lebhaftes, ausdrucksvolles Gesicht mit Lachfalten und die angenehme wohlmodulierte Stimme bringt die Zuschauer schnell in ihren Bann. Das etwas andere Märchen von Frau Holle und dem Engel amüsiert alle. Sie beginnt mit den Worten: »Frau Holle steht am Fenster und schaut auf die Erde in einen schönen Obstgarten, während sie ihre Betten ausschüttelt«. Jedes Mal, wenn sie den Arm hochhebt, bewegt sich die Putte nach oben. Sonst sitzt der nackte dicke Engel lächelnd auf der Speckrolle, die unterhalb des Busens ist. Göttlich. Das T-Shirt ist einem alten Bild entsprungen. Bunte blühende Blumen, frisches Obst und die besagte Putte auf schwarzem Grund. Alle schauen mittlerweile zum Engel hin und amüsieren sich. In dem Moment, als die Märchenerzählerin sich umdreht und bückt, reißt ihre Hose überm Po in der Naht. Ihre weiße Unterhose mit roten Punkten ist zu sehen. Der Akkordeonspieler springt auf, schnappt sich seine Jacke, um das Malheur zu verdecken.

Allen steht vor Schreck der Mund auf, bis die Ersten leise zu lachen anfangen, ein Lachen, das bis zu einem Gelächter anschwillt.

Die Märchenerzählerin wartet, bis es ruhiger wird, und meint amüsiert: »Ja, ja, die Pfunde. Ich glaube, ich muss dringend abnehmen. Fröhliche Weihnachten.«

Eine besinnliche, ereignisreiche Weihnachtsfeier endet.

# Der Zeitungsartikel

Das Telefon klingelte, klingelte, klingelte. Schlaftrunken griff Martina zum Telefonhörer. Lauschte und antwortete: »Mutti, weißt du, wie früh es ist? Du hast uns geweckt. Heute ist Sonnabend, da schlafen wir aus! Ja, ich lese den Artikel und schaue mir das Bild im Hamburger Abendblatt an. Ich melde mich dann bei dir. Tschüs!«

»Ist die Zeitung schon im Briefkasten?«

»Martina, ich liege im Bett. Kann ich hellsehen?«

Nach dem frühen und abrupten Wecken deckte Peter den Tisch fürs leckere Frühstück am Sonnabend und grummelt dabei in seinen grauen Bart:

»Das frühe Anrufen müssen wir deiner Mutter abgewöhnen.«

»Du hast recht.«

Martina setzte sich an den liebevoll gedeckten Frühstückstisch. Sie fragt: »Wo hast du das Hamburger Abendblatt hingelegt.« Das Bild und den Artikel, den Mutti angekündigt hatte, erregten ihre Neugierde.

»Die Zeitung war leider noch in der Tasche der Zeitungsausträgerin.«

»Schade! Guten Appetit, Peter.«

»Magst du mich nicht dabei ansehen;« lachte Martina und bevor er eine Erklärung abgab, äffte sie ihn nach. Ein Erschrecken, ein Schrei.

»Was ist los?« fragte Peter besorgt.

»Ein dunkles Gesicht mit großen weißen Augen schaute mich eben an, furchtbar«, antwortete seine Ehefrau.

»Beruhige dich, es war nur die Zeitungsfrau, die dir beim Quatsch machen zusah. Ja, kleine Sünden bestraft der liebe Gott gleich und große Sünden später«, sagte Peter und lachte.

»Oh, das ist mir peinlich, Peter, aber jetzt habe ich Hunger und außerdem ist das Abendblatt in der Zeitungsrolle«, meinte Martina.

Peter holte schnell die Zeitung in die Küche und legte sie zum Winsener Anzeiger, den er vorher gesucht hatte, als er an seiner Frau rechts und links vorbei geschaut hatte.

Hm, das Frühstück schmeckte lecker. Rührei mit Zwiebeln, Schinken und Kräutern, frischgepresster Orangensaft, Obstsalat, selbstgebackenes Roggenbrot und Erdbeermarmelade. Göttlich! Beide ließen es sich schmecken, bevor Peter sich die Zeitung schnappte. Welchen Artikel, welches Bild hatte Mutter gemeint? Auf Seite dreißig unter »Allgemeines« wurden sie fündig. Beide studierten zuerst das Zeitungsfoto. Wie alle grobkörnigen Zeitungsbilder war auf diesem Foto das Gesicht nicht so scharf zusehen. Es könnte Kevin, der Nachbarsjunge, sein. Das Profil stimmte oder etwa nicht? Eine Sonnenbrille trug er bei jeder Gelegenheit. Warte, welches Auto fuhr er beim letzten Mal? Das Ehepaar Peter und Martina Busche beratschlagten. Kamen zu keinem Ergebnis. Ja, der leicht geöffnete Mund und die ratlose Geste passten zu ihm, wenn er etwas angestellt hatte. Kevin bevorzugte eine blaue Jeans und blaue Freizeitjacke sportlicher Art mit weißen Streifen, wenn er zu Besuch bei seiner Mutter war. Die Haltung hinterm Steuer passte zu ihm. Die langen schmalen Finger und die Hände auf jeden Fall. Wieso war ein Fotograf vor Ort? Vielleicht zufällig? Diese Gedanken tauchten kurz in ihren Köpfen auf, aber wurden sofort wieder durch das Anliegen Martinas verdrängt, weil sie ihren Ehemann bat, sofort den Artikel vorzulesen. Sie wollte jetzt wissen, was in dem Zeitungsartikel stand.

»Du bist genauso neugierig wie deine Mutter, schäme dich Martina«, meinte Peter und verließ das Zimmer für einen kurzen Augenblick, um zur Toilette zu gehen. Wo hatte sie nur die Lesebrille? Bevor diese gefunden war, betrat Peter wieder das Zimmer.

»So, jetzt wollen wir mal sehen, was unser lieber Nachbarsjunge Kevin verbrochen hatte«, meinte er.

Peter fing an vorzulesen. »Polizeibericht.«

»Polizeibericht«, wiederholte sie und sagte dann, » in was ist er nur reingeraten?«

»So, jetzt weiter im Polizeibericht.«

Gestern Abend gegen 22 Uhr fand auf der A7 eine umfangreiche PKW- und LKW-Kontrolle durch die Polizei statt. Gestoppt wurde ein BMW mit einem modisch gekleideten jungen Mann, der etwas nervös wirkte. Die ebenfalls modisch angezogene junge Frau auf dem Rücksitz verhielt sich cool. Angeschnallt waren beide. Nach Drogen befragt, kam von ihm eine Verneinung. Misstrauisch geworden, untersuchen die Beamten das Fahrzeug gründlich. Die junge Frau zeigte keine Reaktion, nein sie war nicht tot, sondern aus Kunststoff.

Peter fing schallend an zu lachen und sagte:

»Martina, du glaubst es nicht, eine Sexpuppe hatte er im Auto. Dieser junge Mann hat wirklich Ideen. Und außerdem befand sich in der Scheide der Puppe ein Beutel mit Drogen. Beide bzw. der Fahrer wurde festgenommen und dem Haftrichter vorgeführt und in Untersuchungshaft genommen. Du, Martina, die Sexpuppe traue ich ihm zu, jedoch nicht die Drogen. Als kleiner Junge und auch als Teenager war er sehr kreativ und hat so manchen Blödsinn angestellt, nicht immer zu seinem Vorteil. Heute ist er erwachsen und sollte eigentlich vernünftig sein.«

Das Telefon klingelte. Diesmal griff Peter zum Hörer und antwortete: »Ja, Mutti, wir nehmen auch an, dass es Kevin ist. Bitte, tu uns einen Gefallen, und informiere nicht deine gesamte Nachbarschaft. Was, Frau Meyer, Frau Schimanski, Frau Dose und die Neue aus der Nummer 5, wissen schon Bescheid. Mutti, du bist unmöglich. Ja, tschüs Mutti bis heute Nachmittag zum Kaffee.« Peter stöhnte auf und sagte nur: »Deine unvergleichliche Mutter.«

Sie schauten sich fassungslos an.

»Oh Mutti«, seufzte Martina.

Von draußen hörten sie, wie jemand ein Lied pfeift. Kevin stand mit seinem Schäferhund an der Leine vor ihrer Gartenpforte und pfiff eine lustige Melodie. Martina öffnete ihm die Tür und bevor sie einen Ton sagte, bellte der Hund wie verrückt. Nachdem der Hund aufgehört hatte sich so, laut zu verhalten, begrüßte Kevin beide mit:

»Hallo liebe Nachbarn, hier Muttis Haustürschlüssel zwecks Aufbewahrung. Mein neuen Mercedes- Cabrio ist spitze. Eine Spritztour über mehrere Tage ist angesagt. Mutti ist heiß darauf, ihn zu fahren.«

»Wir passen gerne auf das Haus auf. Viel Spaß euch beiden«, sagte Martina und lächelte ihn an.

»Tschüs!« Kevin verließ pfeifend das Grundstück.

## Ein Toter weniger

Der Dunst verzieht sich langsam unter den Sonnenstrahlen. Die Luft riecht nach Herbst. Eine Spinnwebe trifft sein Gesicht, als er zu Fuß an den hohen Sträuchern vorbei den Bahnhof erreicht. Er lässt die Feuchtigkeit auf der Gesichtshaut trocknen. Ein wohliges Gefühl durchströmt ihn. Ein Summen kommt über seine Lippen. Ein selten farbiger Herbstmorgen.

Ein Handyklingeln erschreckt ihn. In seiner Jackentasche schrillt sein eigener Apparat. Die Nummer seiner Freundin Anne ist auf dem Display zu sehen.

»Hallo, Anne, wo befindest du dich?«

»Im Krankenhaus!«

»Wir haben doch besprochen ...«

»Ja, aber ich habe anders entschieden.«

»Nein, das darf doch nicht wahr sein!«

Karl drückt das Gespräch weg, ohne sich zu verabschieden. Das wohlige Gefühl ist verschwunden. Er ist enttäuscht und sauer. Wut steigt langsam vom Bauch her in ihm hoch. Heftig stößt er eine im Weg liegende Glasflasche mit dem rechten Fuß von sich. Sein Kind wird heute getötet.

Erneut klingelt das Handy. Er steigt die Treppe zum Bahnsteig hinauf, schaut, oben angekommen, aufs Display und drückt den Anruf weg. Es reicht ihm. Er will nie wieder mit ihr sprechen. Es ist aus. Die Beziehung ist beendet.

Der Schnellzug nach London läuft pünktlich ein. Die Türen öffnen sich. Sein Handy klingelt erneut. Er wartet, bis alle Reisenden den Waggon verlassen haben, bevor er einsteigt, und nimmt in der Zwischenzeit das Gespräch an. Sein cholerischer Chef ist am Apparat. Nur gelassen bleiben, ist Karls erster Gedanke.

»Wo bleibst du?«

»Ich betrete gerade den Zug nach Paddington.«

»Ich warte bereits auf dich. Die Arbeit, die du gestern abgeliefert hast, ist Scheiße! Bis 12 Uhr muss sie überarbeitet werden. Also beeile dich.«

»Ja.«

»Tschüs.«

Typisch für den Alten. Mit nichts zufrieden zu sein. Ich habe ihn und diese Arbeit satt, so satt. Er beendet das Gespräch. Stampft mit dem rechten Fuß auf und stößt gegen etwas Hartes.

Auf dem Boden im Mittelgang steht eine Herrenaktentasche. Karl hebt sie hoch und fragt: »Wem gehört die Tasche?«

Keiner meldet sich.

Er behält das Fundstück bei sich, um es später beim Schaffner abzugeben.

Der Zug ist brechend voll. Kein Sitzplatz frei. Die Reisenden in den Abteilen lesen oder trinken Tee. Eine entspannte Atmosphäre. In den Gängen stehen die Mitreisenden eng nebeneinander. Es ist ihm zu eng. Zum Glück hat er wieder den Türbereich erreicht. Trotzdem berühren ihn die Menschen. Er riecht ihre Ausdünstungen, die heute Ekel bei ihm erregen.

Gleich fährt der Schnellzug ab. Nur raus hier schießt es ihm durch den Kopf. Ich fahre heute nicht zur Arbeit. Karl dreht sich um und steigt aus dem Zug aus.

Jetzt fährt der Zug ohne ihn ab. Seine Augen folgen der Eisenbahn, bis sie nicht mehr zu sehen ist. Er dreht sich um und verlässt das Bahnhofsgebäude in Richtung Park, mit der fremden Tasche in der Hand, ohne es zu bemerken.

Im Park angekommen läuft er die Wege entlang. Sieht und hört nichts. Seine Gedanken sind bei dem Kind, das er sich so gewünscht hat.

Seine Freundin wurde von der Schwangerschaft überrascht. »Ein Kind passt nicht in meine Lebensplanung«, erklärte sie ihm.

»In meine schon«, war seine Antwort.

Er hatte sich ab diesem Moment über die Schwangerschaft gefreut.

Sie hatten an dem Abend geredet, gelacht, geweint und sich geliebt. Mit ihm an ihrer Seite entschied sie sich letzte Woche für das Kind. Es war ihm gelungen ihr die Angst vor der Verantwortung zu nehmen. Ihren Lebensplan nur etwas zu ändern und schon war sie überzeugt. So dachte er. Heute Morgen wurde er eines Besseren belehrt. Ein gemeinsames Leben mit ihr ohne Kind passt auf keinen Fall in seinen Lebensentwurf.

Sein Chef ist ein Arsch. Den erträgt er heute nicht. Er überlegt es sich, ob er jemals wieder dort arbeitet.

Vor einer Parkbank bleibt er stehen. Sie ist leer. Er setzt sich. Die Tasche, die er in der Hand trägt, stellt er neben sich. Die Sonne wärmt ihn. Er schließt seine Augen. Die letzte Stunde läuft vor seinem inneren Auge wie ein Film ab. Heute braucht er einen Platz, um zu entspannen. Das Cottage kommt ihm in den Sinn. Ja, das kleine Haus, das er des Öfteren benutzt, wenn die Eigentümer verreist sind, liegt sehr abgeschieden. Natur pur. Vom Bahnhof nur ein paar Meilen entfernt. Hier findet er die Ruhe, die er heute benötigt. Jetzt nur die Tasche am Bahnhof abgeben und dann rauf aus Fahrrad.

Die Tasche, die neben ihm auf der Bank steht, hat er die ganze Zeit nicht aus der Hand gegeben. Und wenn jetzt eine Bombe darin ist? Aufmachen oder nicht? Ja, er entschließt sich dazu, sie zu öffnen. Vorsichtig entriegelt er den Verschluss. Öffnet sie. Gespannt schaut er hinein.

Es ist keine Bombe in der Tasche.

Es wird immer davor gewarnt, herrenlosen Gegenstände anzufassen. Er oder der Schaffner, der nicht zu sehen war, hätten die Polizei informieren müssen. Es hat in letzter Zeit einige Attentate in der Umgebung gegeben.

Geld, zwei Pässe mit unterschiedlichen Namen und Unterlagen in einer Sprache, die er nicht kennt, sind darin. Wozu benötigt ein Mensch zwei Pässe mit verschiedenen Identitäten? Gehört die Person dem Geheimdienst oder einem Verbrechersyndikat an? Karl nimmt die Pässe in die Hand. Er staunt. Das Bild auf dem Pass von Georg Abberton gleicht ihm. Alter, Größe usw. stimmen. Selbst die Unterschrift ähnelt seinem Schriftbild.

Der Besitzer der Tasche scheint von Flughafen gekommen zu sein, obwohl kein Einreisestempel vorhanden ist. Aber den erhält man nicht bei Einreise aus der EU. Die Aktentasche gebe ich einem Schaffner am Bahnhof, bevor ich mit dem Fahrrad zum Cottage fahre, beschließt Karl zum wiederholten Mal.

Er steht von der Bank auf und schlendert zum Bahnhof zurück.

Vor dem Gebäude halten sich viele Menschen auf. Was ist denn hier los? Ist ein Zug ausgefallen? Er nähert sich der Menschentraube. Stimmfetzen dringen zu ihm durch. Diese Wortfetzen ergeben für ihn keinen Sinn.

Ein Mann mit einem roten Schal redet wie ein Buch: »Ja, ein Tank ist explodiert. Es brennt lichterloh zwischen den Zügen. Diese Rauchwolke ist dort am Himmel zu sehen. Seine Hand zeigt nach Norden.« Karl schaut zum Himmel. Eine grauschwarze Wolke verdunkelt den Horizont.

»Polizei und Feuerwehr sind vor Ort. Die Züge sind ineinander gerast. Ungefähr fünf Kilometer vom Bahnhof entfernt. Tote und Verletzte. Schaut euch mal die Bilder an. Ein Freund, der an der Unglücksstelle ist, schickt mir die Fotos. Er selbst ist verschont geblieben. Er war in der Nähe auf seinem Grundstück, als das Unglück passiert ist. Chaos pur herrscht dort.«

»Sind sehr viele Leute verletzt worden?«

»Ja, es sollen hunderte sein«, antwortet er der Frau in Geschäftskleidung, die an seinen Lippen hängt.

Die Gruppe murmelt.

Karl ist jetzt dicht bei dem Sprecher. Er fragt ihn: » Welcher Zug ist verunglückt?«

»Der um 8.15 Uhr.«

»Mein Zug.«

Das Entsetzen steht in seinem Gesicht. Wenn er nicht ausgestiegen wäre, dann wäre er jetzt tot oder schwerverletzt. Seine Knie werden weich. Nur nicht umkippen. Er greift zur Schulter einer molligen Frau, die vor ihm steht,

»Lassen Sie das«, schreit sie ihn an.

»Ich wollte nur.« Weiter kommt er mit seiner Entschuldigung nicht.

»Ich aber nicht. Dieser Mann hat mich unsittlich berührt.«

In diesem Moment kippt er um und reißt sie mit. Karl fällt seitlich auf sie und seinen linken Arm. Sie stürzt auf ihr Gesicht. Blut läuft aus einer Stirnwunde, als sie den Kopf hebt. Die umstehenden Leute schauen sich diese Szene an. Zwei beherzte Männer greifen zu. Sie helfen zuerst ihm und dann der dicken Frau in die Höhe.

»Danke, dass Sie uns aufgeholfen haben«, bedankt Karl sich bei den Männern.

An die Frau gewandt sagt er: »Ich wollte Sie nicht belästigen. Ich hatte einen Schwächeanfall, der sich noch verstärkt hat. Dadurch bin ich gefallen und habe Sie leider mitgerissen. Für den Schaden, den ich verursacht habe, komme ich selbstverständlich auf.«

Die mollige Frau schweigt.

Eine hagere Frau, die neben ihr steht, holt ein Pflaster und Desinfektionsmittel aus der Handtasche. Die Wunde wird von ihr fachgerecht versorgt.

Nur weg hier schießt es Karl durch den Kopf.

Die Tasche hat sich beim Sturz nicht geöffnet. Da die Gestürzte ihn ignoriert, drängelt er sich durch die Menschenmenge zum Bahnhofsgebäude. Einen Schaffner entdeckt er trotz längerem Suchen nicht.

Was soll er nur mit der Tasche machen? Er wird sie einfach nicht los.

Ist es ein Wink des Himmels, dass er die Aktentasche samt Inhalt im Moment mit sich herumträgt? Ist es die Chance, für einen Neuanfang in seinem Leben? In ihr sind Pässe und Bargeld. Nur die Tasche gehört ihm nicht. Mit Sicherheit vermisst kein Mensch sie. Der Besitzer lebt nicht mehr oder er ist so schwer verletzt, dass die Tasche keine Bedeutung mehr für ihn hat.

Im Cottage angekommen, wirft er sich erst einmal aufs Sofa. Minuten später schläft er ein. Stunden danach erwacht er wieder. Ein Durst und Hungergefühl stellen sich ein. Aus den Vorräten macht er sich etwas zum Essen. Nebenbei hört und sieht er die Nachrichten von dem heutigen Zugunglück. Die Bilder sind schrecklich. Die Zahl der Verletzen und Toten steigt im Laufe des Tages.

Karl verlässt das Cottage nicht. Er meldet sich bei keinem Menschen.

Die Namen der Toten und Vermissten stehen nach einigen Tagen auf einer Liste, die im Fernsehen nach einem Bericht, veröffentlich wird. Sein Name steht auf der Liste.

Er ist offiziell tot oder vermisst. Ein Tatbestand, den er aufrechterhalten kann. Die Chance hierfür liegt in der Aktentasche. Soll er sie nutzen?

## Danke:

Norbert, weil du mit Sachverstand und Geduld mein Buchprojekt begleitet hast.

Barbara und Monika für eure Hilfe bei meinem Buch.

Allen lieben Menschen, die meine Geschichten und Gedichte gerne angehört haben und mir Mut gemacht haben.